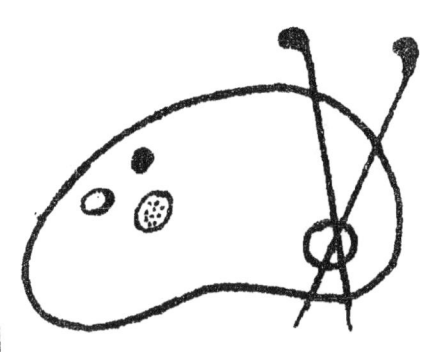

Couvertures supérieure et inférieure
en couleur

COUVERTURES SUPERIEURE ET INFERIEURE D'IMPRIMEUR

LE

CHEVAL SAUVAGE

8° SERIE. — FORMAT PETIT IN-8°.

Sa robe blanche se détachait sur le fond vert du feuillage.

LE
CHEVAL
SAUVAGE

PAR

MAYNE - REID

PARIS

H. LECÈNE et H. OUDIN, ÉDITEURS

17, RUE BONAPARTE, 17

LE

CHEVAL SAUVAGE

I

LA LETTRE.

— Dans notre dernière campagne au Mexique, dit
le capitaine Worfield en achevant de rouler sa cigarette,
j'avais été dirigé avec ma compagnie sur un village
éloigné où nous devions attendre les ordres du quar-
tier général. C'était un endroit si triste, si monotone,
que de ma vie je ne me suis autant ennuyé Las
de cette existence uniforme, où le désœuvrement
tenait toute la place, je finis par demander mon chan-
gement de garnison. Mais les semaines s'écoulaient,
et je ne recevais pas de réponse. Evidemment, mon
colonel m'avait oublié, ou bien il avait ses motifs pour
ne pas déférer à mon désir. J'aurais eu tort après tout
de me plaindre de son silence, car ce fut juste à ce
moment qu'il m'arriva une aventure que je vais vous
raconter.

Un matin, comme je prenais le frais sur ma terrasse,

on m'apporta une lettre du propriétaire d'une planta-
tion voisine. Elle était ainsi conçue :

« Mon cher Worfield.

« Nous parlions hier du Cheval blanc de la prairie ;
« un de mes gardeurs de troupeaux vient de m'an-
« noncer qu'il l'a aperçu dans les grandes pampas qui
« touchent à ma propriété. Le malheur veut que je
« sois cloué au lit et incapable de partir en chasse ;
« mais vous, qui êtes valide et ne savez comment tuer
« le temps, pourquoi n'essaieriez-vous pas de faire
« main basse sur le plus beau coursier qu'il y ait au
« monde ? L'homme qui vous remettra ce billet vous
« dira où il l'a vu.

« Tout à vous.

« MANUEL DE FAVIA. »

Mon parti fut vite pris. Ce n'était pas la première
fois que j'avais entendu conter merveille du Cheval
blanc de la prairie. Quel est donc le chasseur, le trappeur, le marchand porte-balle, le voyageur qui a parcouru ces vastes Plaines de l'Amérique du Sud sans
avoir recueilli quelque légende fantastique sur ces
mustangs dont rien n'égale la vitesse ? Plus rapides
que le vent, ils vont par troupes nombreuses, défiant
toute poursuite. Moi-même, j'en avais vu souvent, et
j'avais tenté, mais vainement, de les prendre au lasso.
Seulement, celui qu'on désignait sous le nom de
« Cheval blanc de la prairie » avait une particularité
qui le distinguait de tous les autres : il avait les
oreilles noires. Tout le reste de sa robe était blanc,
d'une blancheur de neige fraîchement tombée.

C'était de cet animal étrange et mystérieux que
parlait la lettre de Manuel. Comment n'aurais-je pas
profité de la bonne fortune qui m'était offerte ? Com-

ment ne pas saisir cette occasion peut-être unique de savoir enfin ce qu'il en était ? Le porteur du billet était d'ailleurs tout prêt à me servir de guide.

Une demi-heure après, en compagnie du gardeur de troupeaux et d'une douzaine de mes chasseurs, je passai le fleuve et je m'enfonçai dans les profondeurs de la forêt qui s'étendait sur l'autre rive.

Mon escorte se composait de gens qui avaient une longue expérience de la chasse. J'avais toute confiance en eux, je ne doutais pas un instant de leur habileté et j'espérais bien trouver avec leur aide la piste que nous cherchions. Une fois ce résultat acquis, je comptais, pour faire ma capture, sur la rapidité de ma jument, qui avait fait ses preuves, et sur ma dextérité à manœuvrer le lasso.

Tandis que nous poussions en avant, je communiquai à mes compagnons l'objet de mon expédition. Presque tous connaissaient le Cheval blanc par ouï-dire ; quelques-uns croyaient bien l'avoir déjà vu dans la prairie ; tous indistinctement se réjouissaient d'avance des émotions que devait leur réserver une chasse si aventureuse.

Nous eûmes d'abord à passer entre d'épaisses broussailles, que les lianes, les épines et les ronces rendaient presque impraticables. Mais plus loin l'aspect changea et la marche devint plus commode. Les fourrés étaient plus rares, les éclaircies plus grandes, et les trouées si rapprochées qu'elles se succédaient presque sans interruption.

Nous avions fait une traite d'à peu près dix milles sans halte, lorsque nous tombâmes sur la piste que cherchait notre guide. Nous la suivîmes quelque temps, et bientôt nous eûmes en vue le troupeau de mustangs.

Jusque-là, le succès de notre entreprise répondait à nos plus téméraires espérances. Mais voir une horde

1*

de chevaux sauvages et s'emparer du plus rapide de
tous sont deux choses bien différentes.

La pampa, où paissait le troupeau, avait plus d'un
mille d'étendue et, comme celles que nous venions de
traverser, elle était environnée de forêts. Quelques
cavales broutaient paisiblement les herbes courtes;
d'autres chevaux gambadaient, s'ébattaient, se pour-
chassaient, se cabraient, ruaient, hennissaient, s'élan-
çaient les uns contre les autres comme dans un combat, puis partaient au galop, livrant au vent leur
crinière et leur longue queue. Nous étions encore
assez loin d'eux, mais nous pouvions voir de l'endroit
où nous nous trouvions très distinctement la beauté
de leurs formes, la souplesse et la vigueur de leurs
membres, l'éclat de leur robe brillant au soleil et trahis-
sant l'excellence du pâturage. Il y en avait de toutes
les couleurs : des bais, des alezans, des zains, des
louvets, des saures, des tourdillés, des pies, des
tavelés, des balzans, des vineux, des truités, des noirs
jais, des gris charbonnés, mouchetés, souris, porce-
laine, pommelés, ces derniers en plus grand nombre.
Mais où était le magnifique étalon dont nous rêvions
la conquête ? Cette question était sur toutes les lèvres,
car un coup d'œil nous avait suffi à tous pour cons-
tater que le « Cheval blanc de la prairie » ne se trouvait point parmi le troupeau.

Nous échangeâmes des regards qui accusaient toute
notre déception. Avait-il abandonné la horde pour
promener sa course vagabonde loin de là dans l'immensité des pampas ? S'était-il, au contraire, simplement écarté du gros de la troupe avec quelques
cavales, comme un roi entouré de sa cour tient ses
sujets à distance, et n'avait-il fait que pénétrer dans
une clairière proche de nous pour chercher un tapis de
verdure moins foulé ? Notre guide nous assura que,
dans ce dernier cas, il ne serait pas difficile de l'obli-

ger à se montrer. Il suffisait d'effaroucher les autres cavales, dont les hennissements ne tarderaient pas à l'appeler.

Ce plan ne pouvait toutefois être mis à exécution qu'à la condition de cerner le troupeau, car nous avions à craindre qu'il ne partît tout entier au galop, dans une direction opposée. Nous nous mîmes donc, sans perdre un instant, à former le cordon autour de la pampa. La forêt nous servit à merveille pour dérober nos mouvements ; et, au bout d'une demi-heure, l'investissement de la prairie était accompli.

Les chevaux sauvages continuaient à paître et à s'ébattre sans se douter qu'ils étaient emprisonnés dans une ceinture et gardés à vue par des chasseurs déterminés. S'ils en avaient eu le moindre soupçon, ils nous auraient depuis longtemps échappé, en dépit de toutes nos précautions. Le cheval sauvage est de tous les animaux qui vivent en liberté le plus prompt à s'effrayer. Le cerf, l'antilope, le buffle redoutent beaucoup moins que lui l'approche de l'homme. Le mustang semble connaître et prévoir le sort qui l'attend, une fois qu'il tombe au pouvoir de son dompteur. On serait presque tenté de croire que ceux qui parviennent à s'échapper des plantations et à rejoindre leurs compagnons nomades et indépendants, leur ont fait le tableau des souffrances et des ennuis qui accompagnent la domestication.

Je m'étais moi-même, sans descendre de selle, transporté à l'autre bout de la prairie, en me chargeant, dès que le cercle aurait été fermé, de sonner du cor pour épouvanter le troupeau. J'avais porté le cor à mes lèvres et m'apprêtai à donner le signal, lorsqu'un cri perçant poussé derrière moi paralysa en quelque sorte mon bras. Je me retournai vivement. Je me demandai avec stupéfaction d'où venait ce cri, tant il était étrange, quand il frappa pour la seconde fois

mon oreille. Je le reconnus alors : c'était le hennissement du Cheval blanc de la prairie!

Tout près de moi, il y avait une clairière étroite, une
sorte d'allée qui conduisait à une autre prairie. J'y
entendais distinctement le frappement des sabots d'un
cheval lancé au galop. Je courus aussi vite que me le
permettaient les gaulis et j'atteignis presque aussitôt le
bord de l'éclaircie. Mais le soleil, qui dardait en ce moment d'aplomb, m'éblouit au point de m'aveugler. Je
fus hors d'état de rien voir. Cependant, je continuais à
entendre le bruit retentissant des sabots et le hennissement perçant. Je me fis alors une visière de la main
et je parvins à distinguer ce qui se passait à proximité
de moi : un magnifique étalon redescendait au grand
galop l'allée et se dirigeait vers le troupeau. C'était
bien le Cheval blanc de la prairie. La majesté de son
port ne me laissait aucun doute à cet égard. Il avait le
poil d'un blanc de neige, les oreilles noires, les na-
seaux rouges et saillants, les paturons larges, les jarrets
nerveux, les jambes fines, élancées. Il volait comme
une flèche, ne prenant pas un temps d'arrêt, et galopant tout droit vers le troupeau, qui se mit en mouvement dès qu'il parut, comme obéissant à un signal.
Toute ruse de notre part était maintenant inutile. L'a-
larme était donnée. C'était à notre agilité et à nos
lassos de décider de l'issue de la lutte. Dans cette conviction, j'éperonnai ma jument et je m'élançai dans
la plaine. Le hennissement de l'étalon avait averti mes
compagnons. Tous bondirent en même temps hors du
bois et se précipitèrent à la poursuite du troupeau en
poussant de grands cris.

Je n'avais d'yeux que pour le Cheval blanc. Je le
suivais ventre à terre. De temps à autre, en se rapprochant des cavales, il ralentissait sa course frénétique,
se cabrait deux ou trois fois comme pour les animer
d'une nouvelle ardeur, puis reprenait son élan avec un

Le troupeau vient à sa suite.

hennissement formidable et repartait en ligne droite
vers l'extrémité de la prairie, où une large clairière
ouvrait la forêt. Le troupeau, volant à sa suite, avait
d'abord formé la file ; mais bientôt cet ordre régulier se
trouva rompu, les chevaux les plus rapides devan-
çant pêle-mêle leurs compagnons dans leur affolement.

La chasse avait quelque chose de ces courses infer-
nales de la mort que l'on voit dans les gravures de
Holbein. Les poursuivants enfonçaient leurs éperons
dans les flancs de leur monture, les poursuivis met-
taient en œuvre toute la vigueur de leurs jarrets pour
s'échapper.

II

LA CHASSE.

Ma vaillante jument montra bientôt sa supériorité sur les chevaux que montaient mes compagnons. Je les dépassais l'un après l'autre, et quand nous fûmes sortis de l'allée pour arriver dans l'autre prairie, je me trouvais déjà tout proche des derniers mustangs. Quelques-uns étaient de superbes créatures, et j'aurais certainement, en toute autre circonstance, été tenté de leur jeter le lasso ; mais je ne m'occupais en ce moment que de les repousser parce qu'ils me barraient le chemin. Ils n'avaient pas encore franchi toute l'étendue de la seconde prairie, que j'étais déjà parvenu au premier rang. Les mustangs, se voyant atteints, se jetèrent à droite et à gauche, fuyant dans toutes les directions. Un moment après, je n'avais plus devant moi que l'étalon blanc qui me distançait de plusieurs longueurs, en jetant de temps à autre son hennissement strident, comme pour me défier et me railler.

Ma jument n'avait besoin ni de l'éperon ni de la bride. Elle avait le sentiment de ce que j'attendais d'elle. Très intelligente, elle voyait le but de sa poursuite, et devinait la volonté de son cavalier. Je la sentais se soulever sous moi comme eût fait une vague de la mer ; ses pieds touchaient l'herbe, mais ne faisaient que l'effleurer sans s'y enfoncer, et à chaque

obstacle elle redoublait d'énergie. Lorsque nous fûmes arrivés au bout de la seconde prairie, la distance
qui me séparait du Cheval blanc était déjà bien moins
grande ; mais alors, tout à coup, je le vis s'élancer
dans un fourré.

J'étais cruellement désappointé. Cependant je trouvai presque aussitôt un sentier, et je poursuivis ma
course. Mon oreille me servait de guide, car le mustang faisait craquer les gaulis en poussant plus avant.
De temps en temps, j'apercevais sa robe blanche qui
se détachait sur le fond vert du feuillage.

Craignant de le perdre de vue, j'avais jeté à ma jument la bride sur le cou, allant, allant toujours, tantôt
pénétrant dans le fourré, tantôt suivant les sinuosités
d'une espèce de sentier. Je ne m'inquiétais guère des
épines et des ronces, et ma jument semblait n'en avoir
pas plus de souci que moi. Souvent un grand arbre
nous barrait le chemin ou nous embarrassait par l'en-
vergure de ses branches. Parfois, j'étais obligé, pour
passer dessous et ne pas avoir le sort d'Absalon, de
m'étendre de mon long sur la selle et la croupe de ma
monture. Le mustang en profitait pour reprendre de
l'avance et pour se rire de moi en faisant éclater son
hennissement.

J'étais impatient de me trouver dans la plaine ouverte. Mon vœu fut bientôt exaucé, à ma grande
satisfaction. Nous entrâmes dans une prairie entre-
coupée d'îlots de bois. Le Cheval blanc y chercha un
refuge. Il avait maintenant sur moi un avantage con-
sidérable, car les obstacles que j'avais eu à surmonter
dans le fourré m'avaient beaucoup retardé, et il était à
présent loin de moi.

Dix minutes après, nous avions dépassé les îlots boi-
sés. Autour de nous s'étendait la prairie nue à perte
de vue. La chasse continua sur ce terrain uni. Bientôt
tous les arbres eurent disparu à nos regards, et l'œil

n'avait plus d'autre perspective que la verdure de la pampa et le bleu du ciel. Mes compagnons étaient depuis longtemps restés en arrière. Les mustangs avaient rebroussé chemin. Dans l'immensité de la plaine, il n'y avait plus que deux objets mouvants : la forme blanche de l'étalon qui fuyait, la forme sombre du cavalier lancé à sa poursuite.

Jamais ma jument n'avait fourni une course plus longue, plus acharnée, d'un galop plus persistant. Nous avions déjà dévoré l'espace de dix milles sans que j'eusse eu besoin de donner un seul coup de cravache, tant l'ardeur de ma courageuse monture était infatigable. La pampa avec son tapis d'herbe courte offrait une surface unie comme celle de l'Océan et ne laissait aucun lieu de refuge au fugitif qui devait indubitablement devenir ma proie. En avant donc, en avant !

L'étalon avait cessé de faire entendre son hennissement de défi. Il était manifeste qu'il commençait à se fier moins à sa vitesse ; celle-ci paraissait diminuer et ses forces s'épuisaient. Bientôt, il n'y eut plus entre lui et moi que deux cents pas. J'étais convaincu de mon triomphe. « Encore un effort! m'écriais-je, comme eût fait un général à ses troupes, et la victoire est à nous ! »

Je cherchai des yeux mon lasso. Il pendait au pommeau de ma selle, le bout attaché à un anneau, le nœud libre, les lanières bien en état. Je levai le bras pour le lancer. Hein ! qu'est ceci ? Pendant que je déroulais le lasso, mes yeux s'étaient une minute détachés de ma proie. Quand je les levai, le Cheval blanc n'était plus là.

Je serrai d'une main de fer la bride à ma jument, si violemment, qu'elle plia les genoux et faillit s'abattre. Mon mouvement était d'ailleurs inutile ; le noble animal s'était arrêté de lui-même, paralysé, comme moi, de stupeur. Où donc était passé l'étalon sauvage ?

Je promenai mes regards sur toute l'étendue de
la prairie, quoiqu'il m'eût suffi déjà d'un seul coup
d'œil pour me rendre compte de la situation. La prairie était, je le répète, unie comme une table rase, sans
rochers, sans arbres, sans arbustes, sans broussailles.
L'herbe était si courte qu'elle s'élevait à peine de deux
pouces au-dessus du sol. Une couleuvre aurait eu de
la peine à s'y cacher. Mais un cheval ? Qu'était-il devenu ? J'étais, je vous l'avoue franchement, saisi d'un
indicible sentiment d'effroi, et dans le même moment
je sentais ma jument tressaillir.

III

LA FONDRIÈRE.

Je n'ai jamais été enclin à la superstition ; et pourtant, au moment où le Cheval blanc de la prairie s'évanouit littéralement, je ne pus m'empêcher de croire aux sorciers et aux fantômes. Je ne voyais aucune cause naturelle qui pût expliquer la mystérieuse et soudaine disparition du mustang. En revanche, je me rappelais d'un coup toutes les histoires de chasseurs et de trappeurs où le Cheval blanc jouait un rôle de spectre. Jusqu'alors je m'étais moqué de la crédulité des narrateurs ; mais, à présent, j'étais tout prêt à ajouter foi à leurs récits merveilleux. Ou bien étais-je victime d'une hallucination ? Tout ce qui s'était passé depuis le matin, la lettre de Manuel, la chasse aux mustangs, la poursuite de l'étalon, cette longue course effrénée, tout cela n'était-il qu'un songe ? J'allais, pendant quelques secondes, jusqu'à me persuader que j'avais été dupe en effet d'un rêve ; mais je repris aussitôt conscience de moi-même, de mes actes, des faits accomplis : j'étais bien en selle, j'avais bien sous moi ma jument frémissante et en nage ; je me souvenais bien nettement de tous les incidents de la chasse ; je ne pouvais pas mettre en doute que j'avais vu le Cheval blanc, de mes yeux vu, et il m'était impossible de nier sa disparition soudaine.

Le sol était béant comme à la suite d'un déchirement
produit par un tremblement de terre.

Tout à coup, mon regard se cloua sur une piste fraîche dans l'herbe. Je reconnus aussitôt que c'était celle d'un cheval, et cette conviction me fit immédiatement recouvrer la raison et le calme. Si le Cheval blanc avait été réellement un fantôme, pourquoi donc aurait-il laissé cette trace derrière lui ? Un moment de réflexion me suffit pour me décider à suivre la piste. Je ramassai la bride que j'avais abandonnée et je repris ma marche, sans quitter des yeux les empreintes marquées dans le sol par les sabots du mustang. J'avais fait environ deux cents pas lorsque brusquement ma jument s'arrêta court. Je me penchai en avant pour tâcher de découvrir la cause de cette halte inopinée et je poussai une exclamation qui attestait que le charme était rompu.

Devant moi, à trente pas environ d'éloignement, se dessinait sur la prairie une ligne sombre coupant en biais le chemin que je suivais. C'était, en apparence, une étroite et longue excavation semblable à un ravin ; mais, en me rapprochant, je découvris un creux large et profond, une de ces fondrières connues dans l'Amérique espagnole sous le nom de *barrancas*. Le sol était béant comme à la suite d'un déchirement produit par un tremblement de terre, quoique, suivant toute vraisemblance, il n'eût été raviné de la sorte que par quelque torrent subit. La ravine que j'avais sous les yeux était partout également large. Son lit était couvert d'énormes blocs de rocher, ses parois escarpées et tout à fait verticales. Du côté droit, il était relativement peu en contre-bas et la pente cessait indubitablement à proximité de l'endroit où je me trouvais. Du côté gauche, au contraire, il allait s'approfondissant, à mesure qu'on avançait.

La disparition du Cheval blanc n'était donc plus

un mystère ; d'un bond formidable, il s'était jeté dans
le gouffre de plus de vingt pieds de profondeur, puis,
comme l'attestaient visiblement les empreintes de ses
sabots, il avait longé la paroi gauche. L'excavation
formait, à peu de distance de là, un coude. Le fugitif
avait tourné ce coin, et j'avais cessé de le voir. Il était
clair qu'il m'avait échappé, qu'il était inutile de
vouloir le poursuivre davantage, que j'en étais pour
ma peine et qu'il ne me restait plus qu'à renoncer à
ma chimère.

Alors, pour la première fois, je réfléchis à la situation qui m'était faite. J'étais, il est vrai, débarrassé
de la crainte que j'avais eue un instant auparavant ;
mais ma position était loin d'être agréable. Je me
trouvais à trente milles au mois de ma garnison, et
je ne savais comment m'orienter pour la rejoindre.
Le soleil descendait sous l'horizon, et me fournissait
ainsi un point de repère ; mais je n'avais pas la
moindre idée de la direction que nous avions prise
au départ, et je ne me rappelais plus du tout si nous
avions marché à l'est ou à l'ouest. Peut-être aurais-je
pu me guider en revenant sur mes propres pas dont
les traces devaient exister, mais j'avais remarqué
qu'en beaucoup d'endroits cette piste avait été pié-
tinée et par conséquent détruite par les mustangs
dans leur fuite désordonnée, et je pouvais en conclure
qu'il me serait difficile, sinon impossible, de retrouver
les nombreuses sinuosités que j'avais décrites dans
cette longue course au galop.

Un fait certain, dans tous les cas, c'est qu'il eût été
complètement inutile de rien essayer avant le lendemain matin. Le soleil ne pouvait tarder de disparaître.
La nuit allait tomber dans une demi-heure et rendrait
impossible toute recherche de ma piste. Je n'avais
pas d'autres ressources que de rester où j'étais, en
attendant le retour du jour.

Rester, soit. Mais comment ? J'étais tiraillé par la
faim et, ce qui était pis, je mourais de soif. Il n'y avait
pas une goutte d'eau dans le voisinage et je n'en
avais pas vu sur tout un parcours de vingt milles. La
course m'avait épuisé, et ma pauvre jument était
dans le même état que moi.

Je considérai le lit de la ravine et l'interrogeai
des yeux aussi loin que ma vue pût porter. Il était
aussi desséché que la prairie, quoiqu'il fût évident
qu'il eût été jadis creusé par un torrent.

Après quelque réflexion, je me dis que peut-être en
longeant la ravine je finirais par trouver de l'eau.
Il était certain, d'ailleurs, que si je devais en rencontrer quelque part, ce ne pouvait être que dans
cette direction,

J'avais mis pied à terre. Je remontai en selle et
poussai ma jument jusqu'au bord de l'excavation,
que nous suivîmes en dévalant. Le gouffre s'élargissait
de plus en plus, jusqu'à ce que, à un mille de
l'endroit où je l'avais d'abord aperçu, il mesurât une
largeur d'au moins cinquante pieds, quoique ses
parois conservassent toujours le même escarpement.

Le soleil touchait en ce moment le bord de l'horizon, et le crépuscule devait apparemment être de
peu de durée. Je ne pouvais traverser la plaine dans
l'obscurité, car j'aurais risqué de me jeter avec la
jument dans le gouffre ou de la faire tomber dans
quelqu'un des sillons plus ou moins profonds qui for-
maient comme des canaux latéraux de la *barranca*.

Enfin, la nuit tomba presque d'un coup sur la
prairie, et je fus contraint de songer à faire halte
sans avoir trouvé de l'eau. J'étais sûr, en outre, de
passer les longues heures de cette nuit sans la moindre distraction. Et cette certitude m'épouvantait
encore plus que tout le reste.

Je poussai toutefois encore un peu plus loin, et je

fus récompensé de cette ardeur au delà de toute
espérance : mes yeux tombèrent sur une surface
miroitante. J'étais si ému, si ravi de cette découverte que, me dressant debout sur mes étriers, je
poussai un cri de joie, un hourra. Il était hors de
doute que ce miroitement était celui d'un petit lac ;
seulement il n'était pas situé là où je cherchai de
l'eau dans l'excavation, mais plus haut, dans la
prairie même. Il n'était entouré ni d'arbustes ni de
roseaux, aucune végétation ne croissait sur ses
bords, et sa surface semblait de niveau avec celle de
la plaine.

Impatient autant qu'heureux, je poursuivis mon
chemin avec empressement. Mais je n'étais pas sans
perplexité. Si ce n'était qu'un mirage ? La chose
était fort possible, et plus d'une fois dans mes ex-
cursions j'avais été le jouet de pareilles illusions.
Mais non ; les contours du lac se détachaient nettement sur la prairie, et les derniers rayons projetés
encore par le soleil disparu se reflétaient dans son
miroir.

Instinctivement, je donnai un petit coup de talon à
ma jument pour lui faire accélérer le pas, oubliant
qu'elle n'avait pas besoin de cet aiguillon. Quelle ne
fut pas ma stupéfaction, lorsque, au lieu d'avancer,
elle recula, effarée !

Je baissai la tête pour chercher sur le sol ce qui
pouvait avoir causé cet écart. Il n'y avait déjà plus
de crépuscule, mais l'obscurité n'était pas encore
assez profonde pour m'empêcher de reconnaître la
surface de la prairie. La ravine était de nouveau
devant moi et coupait mon chemin. Je remarquai,
à mon grand dépit, qu'elle avait brusquement fait
une courbe et que le lac se trouvait maintenant de
l'autre côté. Je ne pouvais, dans l'obscurité, espérer
franchir le gouffre. Il était ici plus profond encore,

si profond même que je pouvais à peine distinguer les fragments de roche qui gisaient dans son lit. A la clarté du jour, j'aurais été peut-être en état de trouver un passage, mais en ce moment les ténèbres étaient épaisses, et je dus, en fin de compte, me résoudre à passer la nuit au lieu où j'étais arrivé, quoique je dusse m'attendre à peu d'agrément.

Je mis pied à terre, et après avoir conduit ma jument à quelque distance de manière à la tenir éloignée du gouffre, je lui enlevai la selle et la bride et je la laissai paître en liberté, aussi loin que le lui permettait la longueur du lasso qui la tenait attachée à un piquet que je fis d'une branche d'arbre. Pour mon compte, je n'avais à m'arranger que d'une façon toute sommaire. De souper, il n'en pouvait être question ; mais je me résignai bravement à me passer de manger, faisant de nécessité vertu. La soif me tourmentait davantage et me causait de réelles souffrances. J'aurais donné tous les chapons du monde pour un verre d'eau. Mon fusil, ma blouse de chasse, ma poire à poudre, mon carnier et ma gourde, malheureusement vide, furent déposés à mes côtés ; je m'enveloppai dans une couverture mexicaine que mon domestique avait, par bonheur, sanglée sur ma selle, et je fermai les yeux pour tâcher de dormir.

Je n'y parvins pas de longtemps, tant la soif me torturait. Je me retournais tantôt sur le côté droit, tantôt sur le côté gauche, tantôt sur le dos, suivant machinalement du regard la lune qui se dérobait de temps à autre sous un gros nuage noir. Cependant, au bout de deux heures, je m'accoutumai en quelque sorte à la soif. Une pluie douce tomba sur la prairie, et, en me mouillant, calma la fièvre qui commençait à me brûler le sang. Je cédai enfin à la lassitude et peu à peu je me plongeai dans le sommeil.

IV

ÉGARÉ.

Contrairement à mon attente, je dormis paisible.
ment. Je ne m'éveillai que lorsque le soleil était déjà
levé et montait dans un ciel bleu sans nuages. L'eau
de pluie s'était amassée en abondance dans les creux
de la prairie. Je pouvais maintenant étancher ma soif
et laisser ma jument s'abreuver. Mais alors se renou-
velèrent les tiraillements de la faim. Je n'avais rien
mangé depuis la veille au matin, et mon dernier déjeuner, très frugal, s'était réduit à une tasse de chocolat
et deux cuillerées de confiture. Un homme qui n'a
pas l'habitude de faire de longs jeûnes a déjà, dès le
premier jour d'abstinence forcée, une notion des tourments de la faim. Ces tourments augmentent le second
jour, et le troisième ils ont atteint leur maximum d'in-
tensité. Le quatrième et le cinquième jour, le corps
s'affaiblit, le cerveau commence à souffrir, tandis que
les maux de la faim proprement dite diminuent. Ces
remarques ne s'appliquent naturellement qu'à ceux
qui ne sont pas accoutumés à des jeûnes prolongés.
J'ai connu des personnes qui pouvaient s'abstenir de
toute nourriture pendant six jours et ressentaient les
effets de cette privation beaucoup moins que d'autres
qui n'avaient jeûné que vingt-quatre heures. A cette

catégorie de jeûneurs appartiennent notamment les trappeurs et les chasseurs des prairies.

À peine debout, ma grande préoccupation et mon soin presque unique furent de chercher à me procurer quelque aliment. Je suivais la plaine dans toutes les directions. Mon regard ne rencontra rien : aucun être vivant, aucun corps mort. Je n'avais sous mes yeux que ma jument qui paissait tranquillement et que je plaignais beaucoup moins que je ne l'enviais, en voyant le bon repas qu'elle faisait. J'allai jusqu'au bord du gouffre et y laissai plonger mes yeux. Il avait ici plus de cent pieds de profondeur et à peu près la même largeur. Ses parois étaient moins raides, car les rochers qui les constituaient s'étaient effondrés et lui avaient fait une espèce de rive en pente qu'un piéton pouvait descendre pour se hisser sur l'autre bord ; mais pour un cheval ce sentier n'était pas praticable.

J'avais emporté mon fusil, dans l'espoir de découvrir quelque animal vivant ; mais, après avoir marché assez loin dans le sable, je renonçai à cette recherche. Il me fut impossible de tomber sur la moindre trace d'un quadrupède ou d'un oiseau, et je retournai tout déconcerté à l'endroit où je m'étais couché.

J'arrachai le piquet auquel était attachée ma jument, je la sellai et je délibérai sur ce que j'avais à faire. Retourner au village où j'étais en garnison, c'était évident ; mais ce point résolu, il restait un autre problème plus difficile et dont la solution m'avait déjà embarrassé la veille : comment retrouver le chemin ? Mon projet de suivre, en rétrogradant, ma propre piste n'était plus exécutable, car la pluie avait fait disparaître cette piste. Je me souvins alors que j'avais traversé une vaste étendue de terrain léger et sablonneux où les fers de ma jument n'avaient dû laisser qu'une très faible empreinte, naturellement effacée par la pluie persistante de la nuit. Je n'avais d'abord pas fait

attention à cette circonstance, mais elle se présentait
maintenant à mon esprit, en me livrant à une véritable
angoisse : je ne pouvais plus en douter, je m'étais
égaré.

Vous qui êtes assis dans votre chambre, cher auditeur, vous attachez probablement peu d'importance à
ce qui vous paraît une contrariété insignifiante, qu'il
vous semble facile de vaincre quand on a un bon cheval et de bonnes jambes. Il n'y a, croyez-vous, qu'à
prendre, comme on dit, son courage à deux mains, à
marcher devant soi en ligne droite, et l'on finit inévi-
tablement par trouver une issue avec du temps et de
la patience. C'est là évidemment votre théorie et votre
opinion ; mais en pratique la chose est moins aisée que
vous ne vous l'imaginez. Il est incontestable qu'en
suivant votre méthode et votre tracé d'une facilité
élémentaire on devra toujours aboutir quelque part.
Mais ce quelque part pourrait fort bien n'être en défi-
nitive que le point même d'où l'on s'est mis en route.
Croyez-vous que l'on puisse faire à cheval dix milles
en ligne droite dans une prairie mexicaine, dans
une pampa, sans avoir aucun objet, aucun point de
repère ? Les meilleurs cavaliers se sont perdus en
pareil cas. Il peut se passer bien des jours avant que
l'on parvienne à sortir d'une prairie dont l'étendue
dépasse vingt milles, et il ne faut pas beaucoup de
jours à un homme pour succomber. Du reste, l'esprit
s'égare bientôt au milieu de cette immensité absolu-
ment dénudée ; et cet égarement, qui est accablant au
plus haut degré, il n'y a que les vieux chasseurs des
prairies qui en soient exempts. Les organes de la vue
et de l'ouïe perdent vite leur acuité, leur ressort, leur
force ; l'intelligence elle-même s'alanguit et la volonté
se détend. L'énergie des résolutions s'affaiblit rapidement. A chaque pas que l'on fait, on est en proie au
doute, on ne sait si l'on suit le bon chemin ; et n'ayant

aucune raison décisive d'y persévérer, on est tenté à
tout moment d'en prendre un autre. Croyez-moi, c'est
une chose affreuse d'être égaré dans les pampas!

Je pouvais m'en convaincre en ce moment. J'avais
déjà en d'autres temps parcouru la grande pampa ;
mais c'était la première fois que j'avais le malheur
d'y errer à l'aventure, et mon anxiété était d'autant
plus vive que la faim épuisait presque toutes mes
forces. Il y avait d'ailleurs dans les circonstances qui
avaient déterminé cette triste situation quelque chose
de singulier. La disparition de l'étalon, quoiqu'elle fût
due à des causes naturelles, laissait une profonde et
étrange impression dans mon esprit. J'avais beau
m'en défendre, le fait que cet animal réputé mystérieux m'avait entraîné si loin pour m'échapper
d'une manière si extraordinaire, me paraissait se
rattacher à quelque pouvoir qui tenait du prodige.
Malgré moi, j'étais ramené à des idées superstitieuses,
mon esprit en faiblissant s'emplissait de conjectures
fantastiques.

Je luttai cependant contre cet envahissement du
découragement et réussis à rester assez maître de moi
pour pouvoir m'occuper de prendre des mesures sérieuses en vue de sauvegarder ma sécurité. Je compris
qu'il ne me servirait de rien de rester où j'étais. Je
savais que je pouvais tout au moins suivre pendant
quelques heures le bon chemin. Le soleil me tiendrait
lieu de guide sûr jusque vers midi ; puis j'aurais à faire
halte et à attendre un peu, car sous cette latitude méri-
dionale et à cette époque de l'année, le soleil est à midi
si proche du zénith que le meilleur astronome ne saurait distinguer le nord du sud. Je calculai que je serais
peut-être en état d'atteindre vers midi la forêt, tout en
sachant que ma position ne s'en trouverait guère
meilleure. La nudité de la plaine n'inspire en effet
pas de plus grandes inquiétudes que les clairières des

bois épais qui l'environnent. Dans la forêt, on peut
marcher des jours et des jours sans s'éloigner de plus
de dix milles de son point de départ, et les fourrés, les
taillis sont aussi dépourvus de ressources d'alimen-
tation que la plaine même.

Telles étaient mes pensées lorsque, après avoir sellé
et bridé ma jument, je promenai mes regards sur la
pampa pour choisir la direction que je voulais prendre
et me décider enfin à adopter une résolution.

V

UN REPAS DANS LA PRAIRIE.

A ce moment, ma vue fut attirée rar des objets
que je n'avais pas aperçus jusqu'alors. C'étaient des
animaux ; mais il aurait été impossible de dire à quelle
espèce ils appartenaient. Il y a des heures et des épo-
ques où dans la prairie la forme et la grandeur des
choses prennent un aspect, des proportions qui trom-
pent : un loup paraît avoir la taille d'un cheval, et
un corbeau perché sur une éminence de terrain peut
se confondre aisément avec un buffle. Ces grandis-
sements sont dus à des conditions particulières de
l'atmosphère, et il n'y a que l'œil exercé du chasseur
qui puisse, par une entente exacte des rapports
du mirage à la réalité, ramener les objets à leurs
dimensions véritables.

Ceux que j'avais remarqués étaient au moins à trois
milles de distance de l'endroit où je me trouvais, dans
la direction du lac, et par conséquent de l'autre côté
du gouffre. Ils m'apparaissaient, au nombre de cinq,
comme autant de fantômes qui se mouvaient à l'horizon. Un moment, mon attention fut détournée d'eux,
je ne me rappelle plus pourquoi. Lorsque mon regard les chercha de nouveau, il ne les trouva plus ;
mais, au bord du lac, à une distance d'environ six cents
pas, il découvrit cinq magnifiques antilopes. Elles

2*

étaient si près de l'eau que leurs formes s'y réfléchis-
saient, et leur attitude démontrait qu'après une course
rapide, elles venaient de faire halte. Leur nombre
répondait, je le répète, à celui des animaux que j'avais
vus déjà dans la prairie, et j'étais convaincu que c'é-
taient bien les mêmes. En effet, la vitesse de ces char-
mantes créatures égale celle de l'hirondelle.

La vue de ces antilopes ne fit qu'aiguillonner ma
faim. Aussi toutes mes pensées se concentrèrent-elles
sur les moyens de m'en approcher. La curiosité les
avait évidemment attirées vers le lac. Elles avaient
dû apercevoir de loin ma jument et son cavalier, et
elles étaient sans doute accourues au galop pour faire
une reconnaissance ; mais elles semblaient encore très
craintives, très circonspectes et peu disposées à venir
plus près de nous.

Le gouffre me séparait d'elles. Si je pouvais réussir
à les attirer jusque-là, elles seraient infailliblement à
la portée de mon fusil. J'attachai mon cheval, et j'em-
ployai tous les artifices de séduction que je pus ima-
giner. Je me couchai dans l'herbe sur le dos, les
jambes en l'air, mais mon extravagance fut infruc-
tueuse : les antilopes s'obstinaient à ne plus s'éloigner
du bord de l'eau.

Alors je m'avisai que ma couverture avait une couleur très vive, et je conçus un plan qui, adroitement
exécuté, manque rarement de réussir. Je pris la couverture, je la liai par un bord à la baguette de mon
fusil, après avoir passé celle-ci dans l'anneau supé-
rieur de l'arme, et je retins la baguette en place avec
le pouce de la main gauche. Ensuite, je m'agenouillai,
j'épaulai mon fusil, de telle sorte que la couverture
voyante étalée dans toute sa longueur tombât à terre
et formât une espèce de paravent derrière lequel je
pouvais me dissimuler complétement. Avant d'avoir
eu cette idée, j'avais rampé jusqu'au bord du gouffre,

A une distance d'environ six cents pas, je découvris cinq magnifiques antilopes.

afin d'être le plus proche possible quand les antilopes
viendraient de l'autre côté. Ma manœuvre fut accom-
plie dans le plus grand silence et avec une extrême
précaution, car je savais que mon déjeuner et peut-
être ma vie dépendaient du résultat de mon expérience.

Je n'eus pas longtemps à attendre pour avoir la
joie de voir les jolies bêtes donner dans mon piège.
Le trait caractéristique de l'antilope, c'est la curiosité
qui est poussée chez ces animaux au plus haut degré.
Tout en étant les plus timides des habitants de la
prairie et en tremblant de tous leurs membres à l'approche d'un ennemi connu, elles semblent, chaque
fois qu'elles se trouvent à proximité d'un objet qui
les intrigue, avoir dépouillé toute leur crainte ; ou
plutôt le sentiment de la peur est dominé par celui
de la curiosité, et cédant entièrement à celle-ci, elles
arrivent le plus près possible de l'objet inconnu et le
considèrent d'un air ébahi. Le loup de la prairie, dont
la ruse l'emporte même sur celle du renard, connaît
cette faiblesse de l'antilope et la met fréquemment
à profit. Il court beaucoup moins vite qu'elle et s'éver-
tuerait en vain à la poursuivre, mais l'artifice lui tient
lieu de vitesse. Quand le hasard lui fait rencontrer
un troupeau d'antilopes, il se flâtre dans l'herbe, se
roule en boule, et tout en tournoyant ainsi, en se
livrant à une série de manœuvres bizarres, il se rap-
proche peu à peu de ses victimes jusqu'à ce qu'il
soit assez près pour n'avoir plus qu'un dernier bond
à faire.

L'éclat de la couverture ne tarda pas à produire
son effet. Les cinq antilopes accoururent au trot, jusqu'au bord du lac, considérèrent un instant cet objet
qui leur paraissait inconnu, puis rebroussèrent chemin. Presque aussitôt après, elles revinrent en courant, cette fois apparemment plus confiantes et exci-

tées par la curiosité. Je pouvais les entendre renâcler tandis qu'elles levaient leurs têtes fines et élégantes et aspiraient l'air. Par bonheur, j'étais favorisé par le vent qui soufflait vers moi; autrement elles auraient flairé ma présence et découvert ma ruse.

Le troupeau se composait d'un mâle et de quatre femelles, celles-ci se laissant visiblement guider par leur compagnon, qui semblait diriger tous leurs mouvements, car elles se tenaient rangées derrière lui, imitant tout ce qu'elles lui voyaient faire. Tous cinq s'approchèrent jusqu'à deux cents pas. Mon fusil avait bien cette portée, et je me préparai à faire feu. Le mâle était le plus proche et mon choix s'arrêta sur lui. Je visai et lâchai la détente. Dès que la fumée se fut dissipée, j'eus l'inexprimable joie de voir l'animal étendu sur la prairie, pantelant et rendant le dernier soupir. A ma grande stupéfaction, aucune de ses quatre compagnes n'avait été effarouchée par la détonation. Elles se tenaient près de lui, comme ébahies et considérant avec pitié leur guide tombé. Ce ne fut que lorsque je me redressai de toute la hauteur de ma taille qu'elles se retournèrent et prirent la fuite, volant comme le vent. Deux minutes après, je les avais complètement perdues de vue.

Il me restait à savoir comment je franchirais le gouffre. J'examinai attentivement la pente des parois et je découvris bientôt un endroit d'où je pouvais me laisser glisser sans avoir trop de risques à courir, et sans devoir mettre en œuvre trop d'efforts. Après avoir enfoncé encore plus solidement en terre le piquet qui retenait ma jument, je déposai mon fusil sur l'herbe et, ne conservant d'autre arme que mon couteau de chasse, je me mis à opérer ma descente. Il ne me fallut pas beaucoup de temps pour toucher fond, et alors je fis l'escalade de l'autre paroi. Celle-ci était plus raide, mais je pus me cramponner aux branches des cèdres nains enracinés dans la roche. Je remarquai aussi, non sans étonnement, que le sentier que je gravissais avait déjà été mis à profit par l'homme ou l'animal, car la terre répandue sur les saillies du rocher avait été manifestement foulée et fouillée. Cependant, je n'accordai qu'un instant de réflexion à cette circonstance ; j'étais si affamé que tout mon esprit était obsédé par une pensée unique : celle de faire un repas.

A la fin, j'atteignis le haut du rocher et, m'aidant des deux mains et des genoux, je me hissai sur la prairie. Deux minutes après, j'étais penché sur l'antilope que je dépeçai avec mon couteau. Tout autre que moi aurait peut-être pris le temps de ramasser du bois et de faire du feu selon la méthode primitive. Mais je ne raisonnai pas : j'avais mon déjeuner sous la main. Je le mangeai cru, et si vous aviez été à ma place, cher auditeur, vous auriez fait de même, quand vous eussiez été le plus délicat des gastronomes.

Après avoir apaisé les premiers besoins de la faim en dévorant à belles dents la langue saignante et une couple de côtelettes de l'antilope, je commençai à me montrer un peu plus difficile, et je me dis que la chair de l'animal serait bien plus succulente en la faisant rôtir. Je retournai donc au gouffre pour aller chercher quelques branches de cèdre. Mais, à peine eus-je fait trois pas que je m'arrêtai, les yeux hagards, frissonnant et oubliant d'un seul coup mon rôti, tant mon cœur était serré d'effroi. Devant moi se dressait un animal monstrueux, un de ces ours gris qui sont les plus terribles de tous les habitants de la prairie.

VI

L'OURS GRIS.

L'ours qui venait de faire son apparition soudaine était un des plus gros de son espèce. Ce n'était pas la première fois que je faisais la rencontre d'un de ces animaux, dont les mœurs m'étaient connues parfaitement. Je n'étais pas surpris de le trouver ici. L'ours des pampas est assez abondant à l'ouest de l'Amérique espagnole, et choisit de préférence pour séjour les creux des arbres. Plus rarement, il vit en nomade dans la prairie, poussé à l'est et pénètre jusqu'aux environs du Mississipi. L'animal que j'avais devant moi avait la fourrure d'un rouge jaunâtre, les jambes et les pattes noires ; mais cette couleur n'est pas commune à tous les ours généralement appelés gris, car ils varient de l'un à l'autre sous le rapport de la nuance. Ce qui les caractérise plus spécialement, c'est la longueur du poil très fourni, le front droit, la tête large, les yeux jaunes, les grandes et fortes dents à peine à demi couvertes par les lèvres, les pattes longues et recourbées.

Lorsque mes yeux tombèrent sur le monstre, il venait de sortir du gouffre, et c'étaient ses traces que j'avais remarquées en escaladant la paroi.

Arrivé dans la prairie, l'ours fit quelques pas en avant pour s'arrêter, se dressa sur ses pattes de derrière et aspira fortement l'air en poussant un rugisse-

Devant moi se dressait un animal monstrueux,
un de ces ours gris.

ment. Il demeura quelques minutes dans cette attitude, en se frottant la tête avec les pattes de devant.

Inutile de vous dire que l'aspect de ce commensal
imprévu ne me rassurait guère et m'inspirait une véritable terreur. Si j'avais été à cheval, et surtout si
j'avais eu entre mes jambes ma jument noire, je n'aurais pas fait plus de cas de l'énorme bête que d'une
couleuvre qui rampe dans l'herbe. L'ours gris est
trop lent pour pouvoir se mesurer de vitesse avec un
cheval. Mais j'étais à pied et je savais fort bien que
l'animal me rejoindrait infailliblement, si je prenais
la fuite, quelle que fût mon agilité. Je ne pouvais,
d'autre part, pas espérer qu'il s'abstiendrait de m'assaillir. Je connaissais le caractère de mon ennemi et
je n'ignorais pas que l'ours gris attaque tous ceux
qu'il rencontre, et que, dans toute la faune américaine,
il n'y a pas un seul animal qui ne craigne d'entrer en
lutte avec lui. Il n'est pas démontré que dans un combat avec un lion d'Afrique l'ours gris ne terrasserait
point son adversaire. L'homme lui-même redoute une
semblable lutte et le chasseur monté sur un bon cheval laisse, en règle générale, passer en paix le « vieil
Ephraïm » (c'est le sobriquet que les coureurs de prairies lui ont donné). Pour le chasseur blanc, l'ours gris
vaut, comme force et comme bravoure, deux Indiens.
Pour le Peau-Rouge, la destruction d'un de ces animaux est un des plus grands traits d'héroïsme. Chez
toutes les tribus indiennes, un collier de griffes d'ours
est un insigne de gloire, car cet ornement n'est porté
que par ceux qui ont tué le monstre.

L'ours gris se jette sur l'animal qui s'offre à lui,
sans regarder à la taille et à la vigueur de son antagoniste. L'élan, le daim, le bison, le mustang succom-
bent à l'instant sous son étreinte. D'un seul coup de
patte il leur cloue ses griffes dans la chair, comme s'il
assénait un coup de hache, et il peut traîner aussi

loin qu'il le veut un buffle qui a toute sa croissance;
il se jette sur l'homme à cheval ou à pied, et l'on
raconte que parfois une douzaine de chasseurs ne
parviennent pas à lui tenir tête. Dix, quinze, vingt
balles tirées sur un ours gris ne le mettent pas hors de
combat. Il faut l'atteindre au cerveau ou au cœur
pour lui donner la mort. Il n'est donc pas surprenant
qu'un animal qui a la vie si dure et l'instinct si féroce
soit très redouté. Heureusement, le cheval a sur lui
l'avantage de la course et l'homme celui de pouvoir
grimper sur les arbres, l'ours gris, contrairement
aux autres, n'ayant pas cette agilité. Bien des
voyageurs dans les pampas, en danger de mort cer-
taine, n'ont trouvé leur salut que dans cette unique
supériorité.

Aucun de ces détails de l'histoire naturelle de l'ours
n'était nouveau pour moi. Aussi l'on se figure quelles
étaient mes angoisses en voyant à quelques pas de moi
un des plus formidables et des plus féroces de ces
fauves dans ces plaines nues où j'étais seul, à pied, et
pour ainsi dire désarmé. Il n'y avait pas un buisson où
j'eusse pu me cacher, pas un arbre sur lequel j'eusse
pu me réfugier. Je n'avais pour tout moyen de défense que mon couteau, car j'avais laissé, vous vous le
rappelez, mon fusil de l'autre côté du gouffre, et je ne
pouvais songer à aller le chercher. En supposant
même que j'eusse pu arriver jusqu'au sentier qui
dévalait de la paroi rocheuse, c'eût été une vraie folie
que de vouloir tenter cette descente, car si l'ours n'est
pas grimpeur, il n'en avait pas moins à l'aide de ses
longues pattes gravi la pente plus vite que moi.
D'ailleurs, il me barrait le chemin et, pour aller au
gouffre, je devais commencer par me jeter littéralement
dans les bras du monstre.

Un seul regard porté autour de moi suffit pour me
démontrer combien ma situation était désespérée. Je

compris qu'il ne me restait d'autre parti que d'engager un combat à outrance, un combat au couteau.

J'avais entendu parler des chasseurs qui s'étaient trouvés dans le même cas, et qui étaient parvenus à triompher d'un ours gris sans autre arme qu'un couteau, mais après une lutte longue et terrible, et non sans avoir reçu de cruelles blessures et perdu beaucoup de sang. Tandis que je réfléchissais aux terribles conséquences d'une semblable entreprise en quelque sorte inévitable, mon adversaire était retombé à quatre pattes et, avec un grognement formidable, qui ressemblait à un cri de guerre, s'avançait vers moi la gueule ouverte.

J'étais décidé à l'attendre de pied ferme ; mais lorsque je le vis s'approcher, étirant sa longue et maigre échine, montrant ses crocs jaunes et polis, dardant sur moi le feu de ses yeux, je changeai subitement d'avis et je pris la fuite. J'espérai que l'ours, alléché par le festin que lui offrait l'antilope dépecée, s'arrêterait pour dévorer cette proie ; mais mon espoir fut de très courte durée : le monstre ne jeta qu'en passant un regard sur le cadavre et me suivit de toute sa vitesse, sans dévier de la ligne droite.

J'étais expert à la course, et je n'avais peut-être pas à cette époque de rival dans cet exercice. Je pourrais vous rappeler bien des succès que je dois à la vélocité de mes jambes ; mais à quoi pouvait me servir de courir en ce moment ? Je ne faisais en somme que m'affaiblir pour la lutte désespérée à laquelle je ne pouvais me soustraire ; et la prudence me commandait de m'arrêter plus tôt d'un coup pour faire face à l'ennemi.

Je venais de m'y résoudre et je pivotais déjà sur mes talons, lorsque mes yeux s'arrêtèrent soudainement sur un objet qui m'éblouit. Sans le savoir, j'étais arrivé près du lac et me trouvai sur son bord. Le disque ardent du soleil réfléchi par la surface tranquille de l'eau m'éblouissait.

Une nouvelle lueur d'espérance traversa alors mon cerveau. J'étais comme l'homme qui se noie et s'accroche a un fétu de paille. Le monstre était maintenant sur mes talons : l'instant d'après, le combat devait commencer.

— Pas encore, pas encore! pensai-je. J'aime mieux me battre dans l'eau ; cela me donnera peut-être un avantage; peut-être pourrai-je me dérober en plongeant.

Je sautai d'un bond, sans prendre le temps de mesurer mon élan, au milieu du lac. Je n'avais de l'eau que jusqu'au genou ; mais, en me déplaçant de quelques pas, j'enfonçai jusqu'à la ceinture.

Alors, le cœur serré, je relevai la tête. Quelle ne fut pas ma joie en constatant que l'ours avait fait halte au bord du lac et ne semblait pas se soucier de me suivre! Mon étonnement était encore plus grand que ma joie, car je savais que l'eau ne pouvait effrayer le vieil Éphraïm, qui est excellent nageur, et j'en avais vu plus d'un passer des lacs plus profonds que celui-ci et nager dans un fleuve impétueux contre le courant. Qu'était-ce donc qui l'empêchait d'avancer? Je ne pouvais le deviner; mais pour plus de sécurité, je m'éloignai davantage jusqu'à ce que ma tête seule dépassât. Pendant ce temps, je ne perdais pas un seul instant de vue mon ennemi. L'ours s'était assis sur ses pattes de derrière et épiait mes mouvements, tout en continuant à avoir l'air de ne pas vouloir entrer dans l'eau. Après m'avoir considéré longtemps, il se remit à quatre pattes et fit au trot le tour du lac, sans doute afin de chercher l'endroit le plus favorable pour s'y jeter.

La distance qui nous séparait n'excédait pas deux cents pas, car le lac n'en avait pas plus de quatre cents de diamètre. L'ours aurait pu m'atteindre aisément,

L'ours avait fait halte au bord du lac.

s'il l'avait voulu ; mais il paraissait avoir un motif bien arrêté de ne pas se baigner ce jour-là.

A part la crainte que m'inspirait la présence du monstre, ma position n'était guère commode. Quoique réchauffée à la surface par le soleil, l'eau était glaciale et mes dents commençaient à claquer. Par moments, l'ours semblait dépouiller ses hésitations et prêt à nager vers moi, car il s'arrêtait brusquement, allongeait la tête au-dessus de l'eau, balançait ses avant-mains comme pour s'élancer ; puis il se ravisait, se reculait et reprenait sa course autour du lac. Ce manège se continua durant une heure. De temps à autre, il poussait sa pointe à quelque distance dans la prairie, puis revenait s'asseoir au bord de l'eau, comme s'il avait pris le parti de me guetter. J'espérais qu'il passerait de l'autre côté, et me laisserait ainsi gagner le gouffre ; mais il s'obstinait pour ainsi dire à déjouer mon plan, comme s'il avait lu ma pensée dans mes yeux.

Je commençais à perdre courage, le froid me paralysait. Cependant je ne bougeai pas. A la fin je fus récompensé de ma constance. L'ours avait fait une nouvelle échappée dans la prairie ; cette fois il remarqua l'antilope. Je le vis bientôt s'arrêter, puis relever la tête, tenant dans sa gueule le reste de l'animal qu'il traîna jusqu'au gouffre. Une minute après, il avait disparu.

VII

LA LUTTE.

Je fis quelques brassées, puis, me redressant, je marchai prudemment et atteignis en grimpant le bord sablonneux. Tremblant de tout mon corps et ruisselant d'eau, je demeurai immobile, ne sachant ce qu'il me restait à faire. J'étais sorti du côté opposé du lac, craignant un brusque retour de l'ours. Il pouvait fort bien s'être contenté de porter l'antilope dans sa caverne et reprendre fantaisie de venir à ma recherche. Ces animaux ont l'habitude d'enfouir leur butin ou de le cacher dans leur retraite. D'ailleurs, il ne lui fallait que quelques minutes pour dévorer l'antilope.

J'étais indécis. Fuir en ce moment ne me dispensait point de retourner sur mes pas pour rentrer en possession de ma jument et de mon fusil, car il m'était impossible de me risquer dans la prairie à pied. Au reste, j'aimais trop ma monture pour pouvoir songer à l'abandonner, à la laisser en péril. Plutôt que de me séparer d'elle, j'aurais vingt fois risqué ma vie. Mais comment la rejoindre? Le seul chemin qui pût me conduire jusque-là passait par le gouffre, et celui-ci était occupé par mon ennemi.

Il ne me restait qu'une seule chance, ou, pour parler plus exactement, une seule hypothèse favorable. Peut-être, en continuant de suivre le gouffre, trouverais-je plus loin un autre passage ?

Je réfléchissais à ce projet et j'allais me décider à l'exécuter, lorsque j'eus un tressaillement d'horreur. L'ours venait de reparaître. Seulement il n'était plus du côté où je me trouvais. Il avait escaladé l'autre paroi du gouffre et s'avançait maintenant vers l'endroit où paissait ma jument. Le monstre, debout, la gueule ouverte, se préparait à fondre sur sa proie. J'avais attaché la pauvre bête à quatre cents pas environ du gouffre, et le lasso qui la retenait avait près de vingt yards de long. A la vue de l'ours, la jument avait fui aussi loin que la lanière le lui permettait ; elle ruait, se cabrait et hennissait d'épouvante.

L'ours se précipita vers elle. Mon cœur battait violemment. Le monstre était maintenant si proche qu'il n'avait plus qu'à étendre les pattes pour la saisir. La jument fit un bond désespéré et décrivit au galop un cercle dont le lasso formait le rayon, tandis que l'ours courait d'un point à l'autre pour tâcher de s'en emparer.

Cette scène se prolongea durant quelques minutes sans que la situation relative des deux adversaires se trouvât sensiblement modifiée. Déjà j'avais l'espoir que l'ours, de guerre lasse, renoncerait à ses vaines tentatives, et abandonnerait la partie, d'autant plus que la jument lui avait adressé plusieurs ruades qui avaient effrayé l'agresseur, quand tout à coup le spectacle changea, et la lutte prit une autre tournure. L'ours avait déjà été fouetté à différentes reprises par le lasso ; au lieu de l'écarter, il le saisissait et le tirait à lui avec les dents et avec les griffes. Je crus d'abord qu'il voulait l'arracher ou le rompre en le mordant ; mais j'eus bientôt la conviction qu'il usait d'un autre artifice : à chaque fois qu'il le reprenait, il se laissait couler, sans le lâcher, de manière à se rapprocher de plus en plus de sa victime qui poussait de véritables cris de terreur.

Je ne pus supporter plus longtemps la vue de ce pénible tableau. Je me souvins à ce moment qu'après avoir abattu l'antilope j'avais déposé mon fusil sur l'herbe, à peu de distance du cheval. Je courus sans réfléchir davantage jusqu'au gouffre, je dévalai de la paroi avec affolement, j'escaladai l'autre bord sans m'arrêter, je saisis mon fusil et je m'élançai vers le lieu du combat.

J'arrivai juste à temps. L'ours n'avait pas encore atteint sa proie, mais il n'était plus qu'à trois ou quatre yards d'elle.

Je m'approchai, visai et tirai. Le lasso se déchira comme si ma balle l'avait coupé, et la jument partit au galop dans la prairie en jetant un hennissement sauvage.

J'avais, comme je le constatai dans la suite, atteint l'ours, mais à un endroit peu vulnérable, et ma balle semblait n'avoir produit aucun effet sur lui. En réalité, c'était la jument qui, par un effort suprême, avait rompu elle-même son attache et avait ainsi recouvré sa liberté.

En somme, je n'avais fait qu'offrir au monstre un autre adversaire. Il parut le comprendre, car, à peine le cheval soustrait à sa convoitise, il courut sur moi avec un hurlement de rage. Dans ces conditions, il ne me restait pas d'autre alternative que d'accepter le combat à outrance, car je n'avais plus le temps de recharger mon fusil. J'assénai à l'ours un furieux coup de crosse, puis je lançai mon arme au loin et, tenant des deux mains crispées mon couteau, je le plongeai de toute la longueur de la lame dans le corps de mon ennemi. L'instant d'après, je me sentis saisir et étreindre, les griffes acérées du fauve me déchiraient la chair pénétrant d'une part dans ma hanche, de l'autre dans

mon épaule, tandis que ses énormes crocs brillaient
sous mes yeux. Par bonheur, mon bras droit était
resté libre. Je retirai mon couteau et l'enfonçai entre
les deux côtes de mon adversaire avec la force sur-
humaine que donne le désespoir. Alors nous tombâmes tous deux, roulant sur le sol. Je vis un flot de
sang jaillir de la poitrine de l'ours, et je me félicitai de
l'avoir percé au cœur. N'écoutant plus que ma frénésie,
je portai coup sur coup au monstre qui ne me lâchait
point. Je sentais qu'il m'étouffait, ses griffes me labou-
raient les chairs, ses crocs hideux cherchaient ma tête
que je renversai de mon mieux en arrière, son souf-
fle me passait sur le visage, et je ne cessais de jouer
du couteau. L'herbe était inondée de sang, dans
lequel je baignais en me débattant ; mais mes mains
faiblissaient peu à peu, mes yeux se voilaient ; à la fin
une secousse horrible ébranla toutes les cavités de
mon cerveau ; tout tournoya autour de moi : je m'évanouis.

VIII

VIEUX AMIS.

J'avais complètement perdu connaissance ; et ce ne fut que longtemps après que je pus me convaincre, en recouvrant mes sens, que je vivais encore. Mes blessures me faisaient un mal atroce. Je reconnus que quelqu'un s'occupait de les panser, et d'y appliquer un bandage ; il avait la main rude, mais mes prunelles clouées sur les siennes y lisaient la douceur et la bienveillance. Qui était-il ? D'où venait-il ? Qu'était devenu mon redoutable antagoniste ?

J'étais couché sur le dos, les regards fixés sur le ciel bleu et n'apercevant autour de moi, quand je les baissais, que l'herbe verte ; à mes côtés se tenaient debout des hommes armés, un peu plus loin des chevaux. En quelles mains étais-je tombé ? Mes idées étaient encore très confuses ; mais en les rassemblant autant que possible, je me persuadai que je ne pouvais avoir affaire qu'à des amis, qui m'avaient sans doute arraché aux griffes du monstre. Soudain, je ne vis plus rien, j'eus une nouvelle défaillance et je perdis toute conscience de moi-même.

J'ignore combien de temps dura ce second évanouissement ; mais en revenant à moi je me sentis mieux, il me sembla que mes forces renaissaient lentement. Je remarquai que le soleil touchait à son

Je reconnus que quelqu'un s'occupait de panser mes blessures
et d'y appliquer un bandage.

déclin, mais une peau de buffle attachée à deux
piquets empêchaient ses rayons de tomber sur moi.
J'étais étendu sur ma couverture, ma tête reposait
sur ma selle, et une seconde peau de buffle me couvrait les jambes; à proximité de moi flambait un feu
devant lequel j'aperçus très distinctement deux
hommes. L'un était debout, appuyé sur son fusil,
les yeux fixés sur la flamme. C'était le type du
chasseur des prairies. Il avait au moins six pieds
de haut, le corps robustement charpenté, la phy-
sionomie énergique, mais pleine de bonté. L'autre
était assis sur une souche, le visage tourné vers moi.
Il s'occupait d'achever son repas en mangeant à petites
bouchées une tranche de viande qu'il venait sans doute
de faire rôtir. Son costume se composait d'une espèce
de blouse, d'une culotte, de guêtres, le tout en peau
de daim, sale, crasseux, couvert de boue. Sa peau,
qu'on voyait paraître à travers plusieurs trous de
ses vêtements, avait l'air tannée. Il n'avait pas de
chemise, et sa coiffure consistait en un bonnet de
peau de chat dont la couleur s'harmonisait avec le
reste de son accoutrement. Ses traits dénotaient
qu'il ne devait pas être loin de la soixantaine. Ils
étaient fort expressifs: le nez en bec d'aigle; les
yeux petits, noirs, perçants; les cheveux ras, d'un
noir de jais, les oreilles — chose étrange — complètement absentes. J'avais vu cet homme, bien des
années auparavant, tel que je le voyais en ce moment.
La première fois que mon regard l'avait rencontré,
je l'avais aperçu assis exactement dans la même
attitude, près d'un feu de bois, faisant rôtir sa viande
et la mangeant. Je le reconnus tout d'abord : c'était
le vieux Ruben, un des plus fameux chasseurs de
la prairie. Son compagnon, plus jeune que lui, s'ap-
pelait Bill Garey. Tous deux, également ardents et
habiles à la chasse, étaient inséparables.

8*

Mon cœur se remplit de joie en retrouvant ces deux
héros des pampas. Je savais que j'étais avec des
amis, et j'allais leur témoigner toute ma reconnaissance et mon bonheur, lorsque mes yeux s'arrêtèrent
sur le groupe de chevaux. Je poussai un cri et me
dressai sur mon séant. Il y avait parmi ces montures
la cavale de Ruben, le grand et vigoureux rubican
de Garey, et, jugez de ma joie : ma propre jument.
C'était une surprise à laquelle je ne m'attendais
pas, car je n'espérais plus revoir l'excellente compagne
de mon aventure. Mais ce n'était pas la vue de ma
jument qui m'avait arraché une exclamation de stupéfaction, c'était la présence d'un autre animal bien
connu : d'un quatrième cheval. N'étais-je pas une fois
de plus le jouet d'une hallucination? Mes yeux
ne se plaisaient-ils point à me tromper, mon ima-
gination ne prenait-elle point plaisir à me ber-
cer d'une illusion? Non, c'était bien une réalité. Je
ne pouvais en douter; ce port superbe, cette robe
soyeuse, ces oreilles noires dressées, tout en un mot
trahissait le Cheval blanc de la prairie.

Mon émotion était telle qu'après avoir un instant
contemplé le noble animal, je me renversai en
arrière, ma tête heurta lourdement le pommeau de
ma selle, et je m'évanouis de nouveau. Mais cette
troisième syncope fut d'assez courte durée. Entre-
temps les deux hommes s'étaient approchés de moi
et s'entretenaient de mon état.

— Ruben, Garey! dis-je faiblement en tendant la
main.

— Ohé! s'écria le plus âgé des deux, vous voilà
enfin revenu à la vie, jeune homme. Il est vrai que
vous revenez de loin. Enfin tant mieux. Ne vous
alarmez pas; vos forces vous reviendront. Le tout
était d'en réchapper.

— Prenez une gorgée d'eau-de-vie, dit l'autre en approchant sa gourde de mes lèvres.

— Je vois que vous vous souvenez de nous, continua Ruben.

— Parfaitement, mes amis, parfaitement.

— Et moi aussi je ne vous ai pas oublié, dit Garey ; vous m'avez un jour sauvé la vie, et ces services-là ne s'effacent point de la mémoire.

— Je crois que vous m'avez bien rendu la pareille, répondis-je, vous m'avez débarrassé de cet ours.

— De l'un des ours, oui, dit Ruben ; mais vous avez réglé vous-même le compte de l'autre. Il vous a fallu jouer rudement du couteau, avant que le gaillard ait perdu la partie. Heureusement pour vous, nous sommes arrivés juste à temps pour vous délivrer de l'autre.

— Comment ! de l'autre ! Il y en avait donc deux ?

— Regardez de ce côté ! voilà deux peaux, si je ne me trompe.

Je suivis le geste du trappeur, et près du feu je vis en effet deux fourrures d'ours fraîchement écorchés.

— Mais je n'ai eu affaire qu'à un seul ? dis-je.

— Et c'était bien assez, répliqua Ruben. Il n'y a pas beaucoup d'hommes qui demeurent en vie après une querelle vidée avec le vieil Ephraïm.

— J'ai donc tué l'ours ?

— Eh ! oui, jeune homme ; et vous pouvez vous flatter d'avoir fait la besogne tout seul. Quand Bill et moi nous sommes accourus à votre secours, il n'y avait plus à tirer un coup de fusil. L'ours était mort, aussi mort que son patron, le deuxième fils de Joseph. Mais vous ne valiez pas beaucoup mieux. Vous étiez tous deux également immobiles, vos bras étreignant le monstre, ses pattes vous étouffant, votre sang se confondant et formant autour de vous une mare de plusieurs yards de long. Vous n'aviez positivement plus

assez de sang dans le corps pour offrir un déjeuner
passable à une sangsue.

— Et l'autre ours?

— Il est sorti du gouffre, comme Bill venait de partir pour aller à la poursuite du Cheval blanc. J'étais
accroupi près de vous quand je vis apparaître la hure
du monstre. C'était évidemment la femelle du vieil
Ephraïm. La vieille venait voir pourquoi son vieux
tardait à rentrer au logis. Je pris mon fusil et j'en-
voyai à la commère une balle dans l'œil. Elle n'eut pas
la politesse de dire merci et se coucha pour ne plus
se relever. Ils voyagent maintenant ensemble dans les
prairies heureuses. Voyez-vous, jeune homme, je ne
suis pas docteur, et Bill n'a pas plus de diplôme que
moi; mais je m'entends assez aux blessures pour savoir que vous ne pouvez en ce moment pas plus bouger que si vous étiez réellement mort. Donc, pas un
mouvement, et écoutez nos conseils. Vous avez été rudement malmené, je ne vous le cache pas; mais il n'y
a pas de danger grave; tout ce qui vous manque, c'est
le sang, et il faut nécessairement attendre qu'il vous
en vienne d'autre. Allons, encore un bon coup d'eau-
de-vie. Laissons-le maintenant reposer, Bill: il a besoin de silence et il nous reste à finir notre beafsteak
d'ours.

J'aurais voulu avoir d'autres explications, mais je
savais qu'il était inutile d'insister; pour le vieux Ruben, chose dite était chose irrévocable. Je fus bien
obligé de me ranger à son avis et de ne pas contra-
rier sa volonté.

IX

LE PLATEAU.

Je m'endormis bientôt et je ne me réveillai que vers minuit. Le froid s'était considérablement accru, mais j'étais bien emmaillotté dans ma couverture, et la peau de buffle tendue derrière moi contribuait à m'abriter. En rouvrant les yeux, je me sentis réconforté. Le feu était éteint. Très probablement les deux trappeurs avaient jugé bon de prendre cette précaution pour ne pas attirer par ses lueurs les Indiens qui rôdaient aux alentours. La nuit était sereine. Je voyais distinctement mes deux compagnons et les quatre chevaux qui paissaient. Garey dormait. Je m'adressai à Ruben qui faisait la garde et était assis près de moi.

— Comment se fait-il, lui demandai-je, que vous m'ayez trouvé ?

— Nous avons suivi votre piste.

— Depuis où ?

— Bill et moi nous étions campés dans l'un des îlots du bois quand nous vous vîmes passer au galop derrière le Cheval blanc, comme si vous aviez eu tous les diables d'enfer à vos trousses. Je vous reconnus du premier coup d'œil, et Bill me dit : « Voilà l'Américain qui m'a sauvé la vie dans la montagne. » Je voyais que vous aviez une bonne monture, mais je savais aussi que vous donniez la chasse au plus rapide des mus-

tangs de toute la prairie, et je dis à Bill : « Ils en ont
pour un long temps de galop, et ce jeune homme pourrait finir par s'égarer à ce jeu, suivons-le. » Quand
nous rentrâmes dans la prairie, vous vous étiez éclipsé,
mais vous aviez laissé votre piste derrière vous. Seulement la nuit tomba avant qu'il fût possible de vous
rattraper. Le lendemain matin, la pluie avait presque
complètement effacé la piste, et nous mîmes plusieurs
heures à la retrouver près du gouffre. Nous étions sur
le point d'y descendre, quand nous aperçûmes votre
jument qui détalait dans la prairie sans selle ni bride.
Noue courûmes dans cette direction, et, en nous rapprochant, nous vîmes à terre quelque chose que votre
brave bête semblait flairer. Ce quelque chose, c'était
vous et le vieil Ephraïm qui dormiez tous les deux dans
les bras l'un de l'autre, comme deux bébés au berceau.
Nous crûmes d'abord que c'en était fait de vous ; mais
un examen plus attentif nous convainquit que vous
étiez simplement en syncope.

— Mais comment avez-vous pris le Cheval blanc ?

— Le gouffre est obstrué, barré complètement à une
assez bonne distance d'ici par des roches élevées.
Nous savions cela. Bill suivit la piste du mustang, lui
jeta le lasso et le mena ici. Voilà, jeune homme, toute
l'histoire.

— Et le Cheval blanc, dit Garey en se levant, est
à vous, capitaine. Sans la course que vous lui avez
fait faire et qui l'a épuisé, il n'aurait pas été possible
de le prendre.

— Merci, mille fois merci, non pour le cadeau,
mais pour le service impayable que vous m'avez
rendu. Je vous dois la vie. Sans vous j'aurais succombé.

Tout s'expliquait. Au cours de la conversation, j'ap-
pris que les deux trappeurs avaient l'intention de
prendre part à notre expédition militaire contre le

Mexique. Les traitements barbares qu'ils avaient eu à
subir lorsque le hasard les avait fait tomber entre les
mains des soldats mexicains — les oreilles coupées en
témoignaient — avaient fait d'eux des ennemis achar-
nés de cette nation, et la guerre qui venait d'éclater
leur fournissait l'occasion tant de fois désirée d'assou-
vir leur vengeance. Sans faire aucune objection, ils se
déclarèrent prêts à entrer dans ma compagnie et à me
servir, l'un d'éclaireur ou d'espion, l'autre de guide.

Comme mes blessures, quoique nombreuses et pro-
fondes, n'étaient pas dangereuses, mes forces me
revinrent rapidement, grâce aux remèdes intelligents
et à la sollicitude des deux trappeurs expérimentés.
Au bout de trois jours, je fus en état de me remettre
en selle.

Nous nous dirigeâmes alors vers le village où j'étais
en garnison, mais sans reprendre mon ancienne
piste. Mes compagnons connaissaient une route meilleure où nous étions sûrs de trouver de l'eau, ce qui,
dans une excursion à travers les pampas, est le point
le plus important. Le ciel était gris, le soleil invisible,
et nous courions le danger de nous écarter de la bonne
voie. Pour éviter ce péril, mes deux amis fabriquèrent
une boussole de leur invention. Ils plantèrent une
branche d'arbre en terre, et attachèrent au haut un
morceau de peau d'ours. Après avoir arrêté la direction que nous avions à suivre, ils enfoncèrent dans
le sol un autre bâton également pourvu d'un morceau de peau d'ours, et le fixèrent à plusieurs
centaines de pas du premier. A mesure que nous
avancions, nous regardions de temps à autre derrière
nous, car nous savions que nous continuions à marcher
en ligne droite aussi longtemps que le premier et le
plus éloigné des deux bâtons disparaissait derrière
l'autre. Quand les deux points noirs représentés par
la peau d'ours furent hors de portée de notre vue.

nous recommençâmes l'opération ; et le procédé ainsi
répété de mille en mille nous conduisit vers midi
jusqu'à un bois entrecoupé d'allées et de pelouses.
Nous marchâmes près d'une demi-heure dans l'épais-
seur du taillis, et nous arrivâmes au bout d'un mille
à l'entrée d'une prairie qui différait visiblement de
la plaine que nous avions laissée derrière nous. Elle
appartenait à ce genre de pampas que dans la langue
des chasseurs on désigne sous le nom de « prairie
fleurie », parce qu'au lieu d'être couverte d'herbes,
elle est semée de fleurs et d'arbustes florissants. Au
lieu de la traverser, nous en longeâmes la lisière et
nous atteignîmes peu de temps après un ruisseau.
Nous n'avions, à vrai dire, pas fait beaucoup de chemin, mais mes guides craignaient qu'en espaçant trop
nos étapes, la fatigue de la course ne me donnât la
fièvre ; ils décidèrent donc de camper en cet endroit,
d'y passer la nuit et de ne reprendre notre voyage
que le jour suivant. On attacha les chevaux au bord
du ruisseau, après leur avoir enlevé leurs selles.
Ruben alla à la chasse, Garey à la pêche, tous deux
me laissant prendre un repos dont j'avais encore bien
besoin. Un daim tué par Ruben et les poissons pris
par Garey nous firent un excellent souper ; et après
avoir passé toute la nuit à dormir d'un sommeil
paisible, je me levai le lendemain matin, complètement rétabli.

Nous déjeunâmes des restes du daim, nous sellâmes
nos chevaux et nous nous dirigeâmes vers une haute
colline qui dominait la plaine. Mes compagnons
connaissaient bien la topographie de cette région.
Nous devions longer le pied de cette colline, pousser
une dizaine de milles plus loin et arriver enfin au
but de notre course. J'avais souvent considéré cette
hauteur de ma terrasse, qui me servait généralement
d'observatoire ; et comme sa configuration m'intéres-

sait, je m'étais promis de la visiter à la première occasion. Elle offrait l'aspect singulier d'une armoire gigantesque dressée debout sur la prairie. Ses côtés étaient parfaitement d'aplomb et perpendiculaires à son sommet, dont le niveau, exactement horizontal, formait une surface parallèle à la plaine.

Ces collines dont la cime ressemble à une table plane portent au Mexique le nom de « plateaux tabulaires ». Quelquefois, la distance qui sépare deux hauteurs de ce genre est de plusieurs centaines de milles ; mais le plus souvent elles se trouvent rapprochées par groupes comme un jeu de quilles colossales portant un pavois, toutes d'égale élévation et couvertes, en général, à leur cime d'une végétation nettement distincte de celle de la plaine environnante.

En nous approchant de cette singulière éminence, nous vîmes qu'elle perdait beaucoup de son caractère marquant et que sa forme de parallélipipède régulier s'éloignait considérablement de la symétrie géométrique. Des contreforts étroits partaient des flancs du rocher, et en plusieurs endroits les lignes droites se brisaient. Ce qui paraissait indéniable, c'est que le sommet du plateau était inaccessible, car ses parois figuraient des murs escarpés de cinquante pieds de haut que, dans l'opinion de mes compagnons, aucun homme n'avait jusqu'alors escaladés.

X

UN COMBAT AVEC LES MEXICAINS.

Nous n'étions plus qu'à un mille du pied de ce plateau, lorsque Garey s'écria tout à coup : « Alerte ! voilà les Indiens ! »

En même temps, il montra de la main la hauteur que contournaient en venant au-devant de nous une troupe de cavaliers.

Mes deux amis avaient serré la bride et fait halte. Je suivis leur exemple; et tous trois bien plantés en selle, nous attendîmes, observant l'étrange apparition.

Les cavaliers étaient au nombre de douze. Il était évident qu'ils marchaient sur nous en ligne droite.

— Si ce sont des Indiens, dit Garey après un instant de silence, ce sont des Comanches.

— Et si ce sont des Comanches, ajouta Rubens, ils suivent le sentier de la guerre et ont de mauvais desseins. Ayez l'œil sur vos fusils.

Ce conseil fut écouté sans objection. Nous savions que si les arrivants étaient réellement des Comanches, nous devions nous attendre à un combat acharné. Nous mîmes donc pied à terre, nous abritant derrière nos chevaux, et nous attendîmes l'approche de l'ennemi.

Nous étions depuis quelques minutes dans cette position, lorsque Ruben s'écria :

— Si ce sont là des Indiens, je veux bien être un

Nous avions attaché nos chevaux deux à deux, de manière à leur faire former un carré.

nègre : ces gaillards sont barbus et ils ont la peau jaune. Ce sont des Mexicains.

Cette affirmation n'était pas de nature à nous rassurer, car nous n'ignorions pas que les Mexicains nous étaient pour le moins aussi hostiles que les Comanches. Les douze cavaliers semblaient d'abord ne pas nous avoir aperçus ; mais lorsqu'ils eurent le soleil derrière eux, ils purent, sans être éblouis, nous voir parfaitement. Alors ils firent halte à leur tour et se préparèrent à l'attaque. Malgré l'inégalité du nombre, nous pouvions nous mesurer avec nos ennemis. Mes compagnons étaient de ceux dont le fusil ne ratait jamais, qui ne tiraient jamais au jugé et qui ne lâchaient la détente qu'en sachant à coup sûr où leur balle devait frapper. Je pouvais par conséquent me persuader que si les cavaliers nous attaquaient, il n'y en aurait que neuf qui se rapprocheraient de nous à une portée de pistolet, et dans cette approche il n'y avait pas de quoi nous effrayer : nous y étions préparés ; j'avais un revolver à six coups dans ma ceinture, Garey avait le sien et Ruben une paire de pistolets dont il saurait faire bon usage.

— Seize coups, et les couteaux au pis aller ! s'écria Garey avec un accent de triomphe, quand nous eûmes inspecté rapidement nos armes.

Les ennemis restaient toujours en place, et leur chef allait et venait devant leur front de bataille, comme s'il voulait, par sa harangue, leur inspirer du courage. De notre côté, nous n'étions pas restés inactifs ; nous avions attaché nos chevaux deux à deux d'un côté par la tête, de l'autre par la queue, de manière à leur faire former un carré dont le grand rubican de Garey figurait le front et dont nous occupions l'intérieur. Ainsi postés, nous n'avions plus qu'à surveiller les mouvements de nos adversaires qui ne pouvaient voir que nos têtes et nos pieds.

A la fin, les cavaliers, obéissant à un signal de leur chef, fondirent sur nous au galop. Lorsqu'ils ne furent plus qu'à trois cents pas, ils firent halte de nouveau et nous crièrent :

— Que craignez-vous ? Nous sommes des amis.

— Au diable des amis de cet acabit, répondit Ruben. Vous nous prenez donc pour des imbéciles ? Tenez-vous à distance ou, sur mon âme, le premier qui se trouvera à ma portée, sera un homme mort.

Les cavaliers renoncèrent alors à toute dissimulation, l'un d'eux se détacha du groupe, lança d'un coup d'éperon son cheval au galop et décrivit autour de nous un grand arc de cercle. Lorsqu'il se fut éloigné d'une vingtaine de pas de ses compagnons, il fut suivi d'un second qui répéta la manœuvre, puis d'un troisième, d'un quatrième, d'un cinquième, qui tournoyèrent l'un derrière l'autre autour de nous. Aussitôt nous changeâmes notre plan de défense en nous postant dos à dos, de telle sorte que chacun de nous couvrait de son arme un tiers du cercle. Les cinq cavaliers firent deux fois au galop le tour de notre carré, en se rapprochant sans cesse de nous, pendant qu'ils déchargeaient leurs mousquets. Ils s'éloignaient ensuite en continuant le même mouvement, rejoignaient le gros de leur troupe, échangeaient leurs armes contre d'autres toutes chargées et revenaient, toujours en galopant, nous assaillir. En même temps, ils se courbaient si habilement sur leurs montures qu'ils nous dérobaient presque tout leur corps et nous enlevaient ainsi toute occasion de tirer sur eux. Nous aurions pu, il est vrai, tuer leurs chevaux, mais c'eût été dépenser sans grande utilité notre poudre et nos balles, car nous ne pouvions songer à recharger nos armes. A la première fusillade, toutes les balles avaient passé par-dessus nos têtes et la cavale de Ruben avait reçu une blessure insignifiante. Mais la seconde décharge

Il se courbaient si habilement sur leurs montures qu'ils dissimulaient leur corps.

de l'ennemi nous fit plus de mal. Garey fut atteint par
une balle qui lui arracha une partie de sa blouse de
chasse en lui éraflant l'épaule. Une autre balle rasa la
tête de Ruben.

— Nous ne pouvons rester plus longtemps specta-
teurs de l'attaque sans y répondre, dis-je. Qu'en pen-
sez-vous, camarades ?

— Nous devons faire une sortie, répondit Garey :
c'est notre seul moyen de salut. Remontons à cheval
et lançons nos bêtes ventre à terre dans la prairie.

— A quoi bon ? objecta Ruben en hochant la tête.
Le capitaine s'en tirerait peut-être ; mais pour toi et
moi il n'y a pas ombre de chance. Ils rattraperaient
ma cavale en cinq minutes, et ton rubican n'a pas
à se vanter de ses jambes.

— Tu te trompes, répliqua Garey. Tu peux monter
l'étalon blanc et laisser ta cavale en liberté, ou me
céder le Cheval blanc et prendre mon rubican. Mais il
est absurde de nous croiser les bras et de nous laisser
fusiller comme un buffle dans un parcage. Qu'en
dites-vous, capitaine ?

— Je crois, repartis-je en désignant d'un coup de
tête le plateau, que nous devons gagner au galop la
colline et nous y adosser. L'ennemi ne pourra plus
alors nous tourner; et, avec les chevaux devant nous,
il nous sera plus facile de lui tenir tête.

— Le jeune homme a raison, interrompit Ruben.
Nous n'avons pas une seconde à perdre, ils vont bientôt revenir à la charge.

Nous détachâmes rapidement nos montures, nous
sautâmes en selle et nous partîmes comme des traits.
Derrière nous volait au triple galop toute la bande,
criant et vociférant ; mais nous avions l'avance et nous
atteignîmes heureusement le rocher. Puis d'un bond

nous fûmes à terre, et nous appuyant contre la paroi granitique, tenant nos chevaux devant nous, nos fusils braqués sur l'ennemi, nous attendîmes.

XI

L'ESCALADE.

Pour le moment nous étions en sûreté. Les Mexicains ne pouvaient plus passer derrière nous et ils n'osaient se risquer de front à portée de nos armes. Toutefois, nous nous trouvions encore dans une position extrêmement critique, car les ennemis, auxquels étaient venus vers le soir se joindre un renfort de six cavaliers armés également de mousquets, semblaient décidés à nous bloquer toute la nuit et à nous obliger, faute de vivres, à capituler.

Tandis que, perdu dans de sinistres pensées, je restais en observation, j'aperçus dans le rocher une crevasse longitudinale qui montait en s'élargissant et en s'approfondissant vers le sommet de la colline. C'était un sillon creusé probablement par les eaux de pluie en découlant du plateau le long de la paroi perpendiculaire. Quoique l'escarpement du rocher fût partout également abrupt, ce sillon offrait néanmoins une inclinaison marquante ; et, après l'avoir inspecté soigneusement du regard, j'acquis la conviction qu'un homme habile à grimper pourrait, en le remontant, arriver jusqu'au plateau même. Il y avait, en effet, dans le rocher, certaines saillies qui pouvaient servir d'appui au pied, et çà et là croissaient dans les fentes

des pousses de cèdre rampant, dont celui qui ferait
l'escalade pourrait s'aider.

Sans hésiter, je communiquai ma découverte à mes
compagnons. Tous deux s'en montrèrent fort réjouis
et déclarèrent, après un bref examen, le chemin très
praticable. Mais dans quel but grimper là-haut ? Nous
n'avions aucune perspective de pouvoir descendre de
l'autre côté. D'ailleurs, si nous étions sûrs d'échapper
à toute attaque, une fois arrivés au plateau, nous
étions tout aussi certains de n'y pas trouver d'eau, et
la soif était pour nous plus redoutable encore que les
Mexicains. En outre, tant que nous restions au pied
de la colline, nous gardions nos chevaux qui pouvaient nous servir à fuir et, dans un cas extrême, nous
pourrions les manger. Mais faire l'ascension de la
hauteur, c'était nous condamner à les perdre. Aussi la
lueur d'espoir qui nous était apparue un moment
s'évanouit-elle presque aussitôt.

Jusqu'alors Ruben ne s'était pas prononcé. Il restait pensif, appuyé sur son long rifle. Lorsqu'il eut
gardé cette attitude pendant plusieurs minutes sans
dire une parole, un sourire éclaira sa rude physio-
nomie :

— Combien de yards a ton lasso, Bill ? demanda-t-il.

— Vingt, répondit Garey.

— Et le vôtre, jeune homme ?

— Au moins autant, peut-être un peu plus.

— Très bien, dit-il d'un air satisfait ; avec mon
lasso cela fait une longueur de cinquante-six yards.
Il est vrai qu'il y a à décompter les nœuds, mais nous
avons par contre nos brides en sus. Ecoutez donc mon
idée. D'abord nous grimpons là-haut, dès qu'il fait
assez noir pour ne pas être aperçus ; nous emportons
nos lassos et nous les lions bout à bout ; si la courroie
n'est pas assez longue, nous y attachons nos brides.
L'ennemi, nous croyant toujours aux aguets, n'osera

pas s'approcher de nos chevaux qui n'auront rien à
craindre jusqu'au jour. Pendant ce temps, nous attachons notre lanière de soixante mètres environ à un
arbre et nous nous laissons descendre tout doucement
de l'autre côté de la colline. Une fois dans la prairie,
nous pendons nos jambes à notre cou, nous filons en
droite ligne sur la garnison du capitaine, nous y fai-
sons lever une demi-douzaine de ses meilleurs tireurs,
et tous montés à cheval nous revenons à la colline,
nous tombons sur les Mexicains endormis et nous
leur administrons la plus belle volée qu'ils aient
reçue depuis le commencement de la guerre.

Nous nous empressâmes, Garey et moi, de donner
notre acquiescement à ce plan, et il ne nous fallut pas
longtemps pour ne faire qu'une seule lanière de nos
trois lassos et pour attacher solidement nos chevaux,
de manière à les empêcher de bouger de place ; cela
fait, nous attendîmes la nuit.

Ruben ne s'était pas trompé dans ses prévisions. La
nuit, qui tomba bientôt, fut aussi ténébreuse que nous
pouvions la souhaiter. D'épais nuages noirs couvri-
rent tout le firmament, un orage s'annonça, et déjà
quelques grosses gouttes de pluie mouillaient nos
selles. Tout à coup un éclair embrasa tout le ciel et
illumina la prairie comme si l'on avait allumé des mil-
liers de torches. Cette circonstance nous était défa-
vorable : un seul sillon lumineux pouvait révéler tout
notre plan aux ennemis.

—Bah! dit Ruben après avoir considéré le ciel ; nous
grimperons entre deux éclairs.

Il avait à peine achevé de parler que pour la seconde
fois un véritable incendie s'alluma dans le ciel et projeta sur l'immensité de la prairie des reflets si intenses que nous pûmes distinguer aisément les boutons
des habits de nos adversaires.

Pendant ce temps, Garey s'était noué le lasso par

un bout autour des reins et avait commencé l'escalade.
Il avait atteint à peu près la moitié de la hauteur à
gravir, lorsque la plaine s'illumina de nouveau. Je levai
les yeux et le vis sur une saillie, le corps collé contre
le rocher, les bras en l'air. Tant que dura le feu du
ciel, il resta dans cette attitude immobile. Mes regards
anxieux interrogeaient les mouvements des cavaliers; mais aucun d'eux ne bougeait; ils n'avaient
rien vu.

Un nouvel éclair me permit d'inspecter le rocher.
La forme humaine avait disparu. Il n'y avait plus que
la ligne noire du lasso, qui pendait du haut du plateau,
et qu'on eût pris pour une crevasse. Garcy était arrivé jusqu'au sommet de la colline, sain et sauf.

C'était mon tour. Il ne me fut pas difficile, en me
tenant à la lanière, de monter d'une saillie à l'autre; et
avant que l'éclair eût reparu, j'avais rejoint le plus
jeune de mes compagnons.

Cinq minutes après, Ruben était avec nous; alors
nous enroulâmes la lanière et nous cherchâmes un endroit pour opérer notre descente.

XII

UN RENFORT.

Parvenus à l'autre bord du plateau, nous rattachâmes la lanière à un arbre. Ruben, qui était le plus léger et le plus leste de nous trois, devait descendre le premier. Nous lui liâmes la courroie solidement autour de la taille, et le vieux trappeur glissa le long de la paroi, tandis que Garcy et moi nous laissions couler doucement le lasso.

Nous avions lâché à peu près les trois quarts de notre corde, et déjà nous nous félicitions du succès de notre expérience, lorsqu'à notre grande épouvante, la courroie cessa brusquement de se tendre et ressauta avec une secousse qui nous jeta tous les deux sur le dos. Dans le même instant, nous entendîmes un craquement, suivi d'un cri perçant. Nous bondîmes sur nos pieds et nous nous empressâmes de tirer la corde à nous : elle était légère comme une ficelle et remonta sans difficulté. La chose était claire : la courroie était rompue et notre pauvre camarade avait fait une chute effroyable. Saisis de terreur, nous nous agenouillâmes, nous rampâmes jusqu'au bord extrême du plateau, nous nous penchâmes à mi-corps par-dessus, au risque de nous précipiter nous-mêmes dans le vide. Nous plongeâmes les yeux dans l'espace qui s'étendait au-dessous de nous, essayant autant que possible de percer les ténèbres. Nous écoutâmes, l'oreille tendue, le cœur affreusement serré. Pas un bruit ne se fit entendre. Oui, nous eussions été heureux de percevoir une plainte, un gémissement, qui nous eût annoncé que Ruben vivait encore; mais tout était silencieux; peut-être gisait-il horriblement mutilé au pied de la colline.

A la fin, nous entendîmes des voix d'hommes. Elles venaient bien de la base du rocher, juste au-dessous de nous; mais au lieu d'une voix il y en avait deux, et ni l'une ni l'autre n'était celle de notre ami. A la clarté d'un sillon lumineux qui courut à ce moment dans le ciel, nous reconnûmes deux cavaliers qui se mouvaient le long du rocher. Nous les vîmes très distinctement; mais, contrairement à notre attente, nous n'aperçûmes pas le corps de notre compagnon. L'embrasement du firmament fut d'assez longue durée pour nous donner parfaitement le temps de voir tout ce qui se passait au-dessous de nous. Ruben n'était pas là. Etait-il tombé au pouvoir de l'ennemi? Il ne se serait pas rendu sans résistance et nous aurions entendu ou une détonation ou un cri.

Cependant les deux cavaliers causaient à voix haute, et, dans le silence de la nuit, leurs paroles montaient jusqu'à nous assez distinctement pour nous laisser comprendre ce qu'ils disaient.

— Tu t'es trompé, criait l'un avec impatience, tu n'auras entendu que l'aboiement d'un loup.

— Je vous répète, capitaine, répliqua l'autre avec humeur, que c'était une voix d'homme.

— Alors il faut que ce soit l'un des nôtres qui ait crié de l'autre côté du rocher, car de ce côté-ci il n'y a personne. Retournons au camp.

Les pas des chevaux nous apprirent qu'ils s'éloignaient; ce fut pour nous un grand soulagement de

Nous lui liâmes la courroie autour de la taille et le vieux
trappeur glissa le long de la paroi.

savoir que notre camarade n'avait pas été fait prisonnier.

Mais qu'était-il devenu ? Par où était-il passé ? Avait-il rampé plus loin après sa chute, ou se trouvait-il toujours à proximité de la colline ?

Comme il nous importait de suivre les mouvements des deux cavaliers, nous tendîmes avidement l'oreille, épiant l'occasion de les apercevoir. Nous nous étions de nouveau agenouillés et suspendus au-dessus du vide. Un éclair nous les montra : ils étaient arrêtés pour interroger les alentours, et attendaient comme nous une traînée lumineuse.

— Nous pouvons les désarçonner, chuchota Garey.

J'hésitai à me ranger à cet avis, sans pouvoir me rendre compte de mes scrupules.

Tout à coup un éclair sillonna la nue. Les cavaliers étaient à portée de nos fusils. Nous les couchâmes en joue. Sans dire un mot, j'avais suivi l'opinion de Garey.

A ce moment, quand déjà nous avions le doigt sur la gâchette, nous relevâmes tous deux comme d'un commun accord notre arme. C'est que nous avions tous deux en même temps aperçu le même objet dans la prairie, et que cet objet n'était autre que notre ami Ruben.

Il était couché dans l'herbe de tout son long, les bras et les jambes étendus, le visage collé contre terre. De la hauteur où nous étions, nous eussions pu le prendre pour la peau d'un jeune buffle ainsi étalée pour la faire sécher, mais nous ne nous trompions pas : c'était bien le vieux trappeur dans son costume de peau de daim. L'endroit où il se trouvait n'était guère à plus de cinq cents pas du rocher ; mais quoiqu'il nous fût très facile de le voir, il devait échapper complètement aux regards des deux cavaliers, car nous les entendîmes, à notre grande joie, dès que la nuit se fut replongée dans l'obscurité, regagner leur camp. A peine étaient-ils partis qu'un éclair projeta sa vive lumière sur la prairie. La peau de daim n'était plus là : notre camarade avait donc pu se dérober heureusement.

Pour la première fois depuis que nous avions rencontré les Mexicains, nous respirâmes librement ; et, le cœur léger, nous retournâmes à l'endroit où nous étions montés sur le plateau. Tant que j'avais pu craindre que ma dernière heure ne fût arrivée, le sort de ma jument et du Cheval blanc n'avait eu , je l'avoue, qu'une part très accessoire dans mes préoccupations. L'homme est ainsi fait que lorsqu'il est en danger de mort, il ne songe plus qu'à sa conservation personnelle. Mais maintenant que j'avais la conviction de survivre à cette périlleuse aventure, l'égoïsme faisait place à des sentiments plus généreux, et je souhaitais ardemment de conserver non seulement ma propre monture, mais aussi l'excellent et beau mustang, qui avait été pour moi la cause de tant d'anxiété.

Cependant les éclairs étaient devenus moins intenses et ne se succédaient plus qu'à des intervalles éloignés. Ce fut dans un de ces intervalles de calme que nous entendîmes à quelque distance des pas de chevaux. Il y a une différence très sensible entre le pas d'un cheval qui porte un cavalier, et celui d'un cheval qui n'a pas cette charge. L'habitant des prairies ne s'y trompe que fort rarement. Mon compagnon m'assura que les chevaux dont nous entendions l'approche étaient montés.

Nos ennemis mexicains avaient dû les entendre comme nous : deux d'entre eux partirent au galop pour opérer la reconnaissance ; nous pûmes nous en rendre compte par l'ouïe, car l'obscurité était trop grande pour nous permettre de voir à plus de trois yards devant nous. Nous ne restâmes pas longtemps

dans l'incertitude sur les intentions des arrivants:
ils échangèrent avec les Mexicains des appels et des
salutations amicales, et leurs chevaux hennirent en
signe d'assurance.

En ce moment, les éclairs nous vinrent en aide. Nous
vîmes avec effroi que l'ennemi avait reçu un renfort
d'au moins trente hommes.

Vers minuit, l'orage cessa tout à fait. Une lumière
plus douce, plus constante, succéda aux lueurs sinistres et intermittentes de l'éclair : la lune s'était levée
et montait rapidement dans le ciel à l'orient. Quelques étoiles scintillaient à travers les nuages qui ne
s'étaient pas dissipés, mais roulaient avec plus de vitesse.

Nous étions couchés à plat dans les broussailles. Les
cavaliers ne pouvaient nous apercevoir, tandis que
nous distinguions parfaitement toute la troupe qui
avait fait halte, les uns fumant, les autres causant,
d'autres chantant.

Après que nous les eûmes observés pendant quelque temps en silence, Garey me quitta pour explorer
le plateau et pour surveiller la prairie du côté d'où
nous attendions du secours.

Il était à peine parti depuis deux minutes qu'une
forme sombre attira mon attention vers la plaine. Il
me sembla que c'était un homme couché sur le sol et
se cachant dans l'herbe, exactement comme avait fait
le vieux Ruben. Pendant quelque temps un nuage as-
sombrit la plaine en la couvrant d'un voile noir; mais,
quand le nuage fut passé, la figure étrange n'était
plus où je l'avais vue d'abord. Elle s'était rappro-
chée des cavaliers, tout en gardant la même attitude
qu'auparavant. Elle n'était plus qu'à deux cents pas
des Mexicains ; mais un buisson de hautes herbes paraissait la dérober à leurs yeux. Au bout de quelque
temps, cette vision, dans laquelle je finis par recon-

naître distinctement un Indien nu, avait complètement disparu.

Tandis que je continuais attentivement de regarder
dans la même direction, sondant des yeux la plaine, je
remarquai, non plus une seule, mais plusieurs figures
fantastiques, qui se dessinaient vaguement sur la lisière de la prairie. J'écarquillai les yeux et je vis que
c'étaient des cavaliers; mais je fus surpris de consta-
ter qu'ils ne marchaient pas côte à côte en rangs serrés,
mais l'un derrière l'autre en longue file. Les hommes
de ma compagnie n'observaient jamais cette manœuvre quand ils avaient à passer dans d'étroits défilés ou
dans des sentiers de la forêt: ce n'était donc pas eux.

Une minute après, tous mes doutes étaient dissipés:
c'étaient une bande de guerriers indiens qui suivaient
la piste de guerre.

XIII

Les nuages qui cachaient la lune ne se désagrégè-
rent qu'au bout d'un quart d'heure. Alors, à mon grand
étonnement, je vis un grand nombre de chevaux sans
cavaliers dans la prairie. C'était apparemment un troupeau de mustangs, arrivés là pendant l'obscurité.
Quant aux Indiens, ils n'étaient plus là. Je voulus chercher mon compagnon pour lui faire part de ce qui se
passait, lorsqu'en me levant je constatai qu'il était à
côté de moi. Il avait fait en rampant le tour du plateau,
et n'ayant rien découvert, il était revenu se convaincre
si les Mexicains n'avaient pas bougé.

— Ohé ! s'écria-t-il quand ses yeux tombèrent sur
les chevaux. En voici bien d'une autre : un troupeau
de mustangs ! Les Mexicains ne les ont donc pas vus ?
Très drôle, très drôle, par Belzé...

Son exclamation fut interrompue par un vacarme
qui partit tout à coup de l'endroit où étaient postés les
Mexicains. Nous les vîmes, un instant après, sauter tous
en selle et se mettre en mouvement. Nous crûmes d'a-
bord qu'ils avaient aperçu les chevaux sauvages et
que cette découverte avait provoqué leur brusque
départ. Mais nous reconnûmes bientôt que c'étaient
nous-mêmes qui étions cause de leur alarme, car ils
accouraient tous ensemble vers le rocher, et en pous-

sant des cris sauvages, ils déchargèrent sur nous leurs
mousquets. Nous eûmes un moment quelque peine à
comprendre ce qui avait pu nous trahir, mais un regard d'inspection nous fournit aussitôt la solution de
l'énigme. La lune était montée dans le ciel vers son
point culminant, et les ombres projetées par la colline
s'étaient graduellement raccourcies. Tandis que nous
considérions les mustangs, nous avions commis l'im-
prudence de nous lever, et nos propres ombres s'étaient
profilées sur la prairie sous les yeux de nos ennemis.
Ceux-ci n'avaient eu qu'à lever la tête pour voir où
nous étions.

Nous nous agenouillâmes à l'instant sur les broussailles et nous saisîmes nos fusils. En ce moment un
nuage passa sur la lune et déroba la plaine à nos regards. Mais nous n'eûmes pas longtemps à attendre
pour être tirés d'incertitude. Des hurlements épou-
vantables ébranlèrent tous les échos. On eût dit des
vociférations démoniaques jaillissant du fond des en-
fers. Il n'y avait pas à s'y méprendre : ceux qui pous-
saient ces affreux rugissements étaient des Indiens.

— C'est le cri de guerre des Comanches ! dit
Garey. Hourra ! Les Indiens sont tombés sur les
Mexicains !

Au milieu des clameurs, nous entendions les pas
rapides des chevaux faisant trembler sous eux la
plaine. Tout à coup la lune se dégagea des nuages.
Les mustangs étaient maintenant montés. Sur chacun d'eux se dressait le buste nu d'un Indien dont
les tatouages offraient un aspect d'horreur. Les Mexicains ne pouvaient soutenir l'attaque ; à peine eurent-
ils le temps de décharger leurs mousquets. Aucun
d'eux ne s'occupa de recharger son arme. La plupart
la jetaient aussitôt après avoir tiré et fuyaient alors
en désordre. Toute la troupe tourna le dos aux
Peaux-Rouges et longea au grand galop le pied du

rocher. Les Indiens poursuivaient les fuyards sans
perdre de vitesse et en les accablant de sinistres
imprécations. Garey et moi nous nous précipitâmes
vers l'autre bord du plateau. Les deux partis cou-
raient par petits groupes. Il n'y avait pas deux cents
pas de distance entre le premier rang des Peaux-
Rouges et le dernier des Mexicains. Les sauvages
ne cessaient de pousser leur cri de guerre, tandis
que les autres galopaient dans le plus profond silence.
Tout à coup un cri d'effroi partit de la troupe des
Mexicains. Ce cri annonçait évidemment un événe-
ment. En même temps nous les vîmes faire halte.

Le motif de cette conduite extraordinaire ne nous
demeura pas longtemps inconnu. A trois cents pas
environ des Mexicains, s'avançait vers eux au
galop une troupe de cavaliers. Les pas pesants de
leurs chevaux nous apprirent bientôt quels étaient
les nouveaux arrivants. D'ailleurs, leurs cris, qui ne
ressemblaient point à ceux des Mexicains ni à ceux
des Indiens, ne nous laissaient aucun doute à
cet égard.

— *Ahead ! ahead* (1) ! répétaient-ils en éperonnant
leurs montures.

— Hourra! hourra! s'écria Garey de toutes ses
forces. Ce sont vos hommes, capitaine.

Les Mexicains effrayés, à l'aspect de ces nouveaux
ennemis sur lesquels ils ne comptaient pas, restaient
indécis. Ils crurent d'abord qu'ils avaient affaire à
une seconde bande de Peaux-Rouges ; mais une
volée de balles leur prouva que leurs adversaires
étaient des soldats disciplinés ; et, tournant bride à
gauche, ils s'enfuirent dans la prairie.

Alors, les Indiens, pour leur couper le passage, pri-

(1) En avant! En avant! — Interjection qui n'est employée
que par les Américains des États-Unis.

rent une direction de biais. Nos hommes, qui pendant
ce temps s'étaient rapprochés, imitèrent de leur côté
cette manœuvre. Un instant après, ils étaient aux
prises avec les sauvages.

La lune, qui ne projetait plus qu'une clarté mou-
rante, s'ensevelit tout à coup dans les nuages. Garey
et moi nous ne vîmes donc rien du combat ; mais
nous entendions le choc des combattants, le cri de
guerre des Peaux-Rouges, les clameurs de nos hommes, la fusillade, les décharges successives des ré-
volvers, le cliquetis des sabres et des lances, les hennissements des chevaux, les lamentations des blessés.
Nos angoisses ne durèrent pas plus d'un quart
d'heure. Au bout de ce temps, le combat cessa. Quand
la lune reparut, tout était retombé dans le silence.
Sur la prairie gisaient pêle-mêle des hommes et des
chevaux. Au loin, vers le sud, fuyaient les Mexicains.
Un hourra triomphal nous annonça que la victoire
était restée aux nôtres.

— Bill, es-tu là ? cria tout à coup une voix que nous
reconnûmes.

— Me voici ! répondit Garey.

— Eh bien, que t'en semble ? Les Indiens ont reçu
leur tripotée, quant aux Mexicains, ils ont mieux aimé
ne pas l'attendre et ils ont détalé, les lâches.

C'était Ruben qui parlait.

L'engagement avait été même moins long que nous
ne l'avions supposé. Des deux côtés l'impétuosité de
l'attaque avait été telle que personne n'avait rechargé
son arme après le premier coup de feu. Le cri de
guerre des Indiens devait avoir semé l'épouvante parmi
les Mexicains, car le sol était jonché de leurs mousquets
et de leurs lances.

Mais, quoique de courte durée, le combat avait
causé des pertes sérieuses aux Mexicains et aux Peaux-

Rouges. Huit des premiers, seize des derniers avaient succombé ; malheureusement mes hommes ne s'en étaient pas tirés tout à fait sains et saufs. Deux d'entre eux, atteints par les lances des Comanches, étaient tombés morts. Une douzaine environ avaient été plus ou moins grièvement blessés par les fusils des sauvages.

Les Indiens, comme l'avait fort bien reconnu Garey à leur cri de guerre, étaient en effet des Comanches, qui avaient dessein de piller une ville mexicaine de l'autre côté de Rio-Grande, à une centaine de milles de ma garnison. Leurs éclaireurs avaient aperçu les cavaliers mexicains, dont les chevaux harnachés d'argent, les uniformes et les couvertures de drap fin, les guêtres garnies de boutons d'argent et les mousquets avaient excité la convoitise des Peaux-Rouges, qui s'étaient décidés à les surprendre. Nous apprîmes tous ces détails d'un de leurs guerriers qui était tombé blessé en nos mains. Un interrogatoire plus précis le fit reconnaître pour un Mexicain capturé par une tribu indienne, à laquelle il s'était associé pour échapper au supplice que ces sauvages infligent à leurs prisonniers.

Ruben avait atteint mon village sans encombre. Il avait rapporté sommairement à mon lieutenant ce qui était arrivé et le danger que je courais. Dix minutes après, une cinquantaine de mes hommes étaient partis, sous la conduite du vieux trappeur, dans la direction de la colline. S'ils n'étaient pas arrivés à temps, les Indiens nous auraient probablement débarrassés des Mexicains ; mais, dans ce cas, nous aurions perdu nos chevaux.

Nous opérâmes notre descente à l'aide du lasso, et quand nous eûmes rejoint Ruben et que nous nous fûmes embrassés d'une étreinte vraiment fraternelle, nous remontâmes en selle. Moins d'une heure après, je prenais une délicieuse tasse de café sur ma terrasse avec mes deux compagnons d'aventures, et nos émotions n'étaient plus que des souvenirs.

C'est ainsi que j'entrai en possession du Cheval blanc, le plus beau mustang qui, de mémoire d'homme, ait foulé la pampa mexicaine.

TABLE DES MATIÈRES

TABLE DES GRAVURES

POITIERS. — TYPOGRAPHIE OUDIN.

www.ingramcontent.com/pod-product-compliance
Lightning Source LLC
Chambersburg PA
CBHW060435260626
47161CB00005B/1930